文章雅正

北京燕山出版社
BEIJING YANSHAN PRESS

图书在版编目（CIP）数据

文章雅正 / 贝建辉编．——北京：北京燕山出版社，2015.1
　　ISBN 978-7-5402-3455-3

Ⅰ．①文… Ⅱ．①贝… Ⅲ．①古典散文－散文集－中国－清代 Ⅳ．① I264.9

中国版本图书馆 CIP 数据核字 (2015) 第 004991 号

文章雅正

作　　者	贝建辉
责任编辑	满　懿
封面设计	江　林
出版发行	北京燕山出版社
社　　址	北京市西城区陶然亭路 53 号
电　　话	010-65240430
邮　　编	100054
印　　刷	北京鲁汇荣彩印刷有限公司
经　　销	新华书店
开　　本	170mm×240mm　1/16
字　　数	160 千字
印　　张	9.25
版　　次	2015 年 2 月第 1 版
印　　次	2015 年 2 月第 1 次印刷
定　　价	26.00 元

版权所有　　翻印必究

序

　　开卷群言守其雅，诗文同源，论文则必论诗，诗至于律，文至于骈，应该说是其形式美的标志，律为五七言，骈则四六句，《文心雕龙》章句篇中说：四字密而不促，六字格而非缓，就文而言可以说汉语之美，尽在四六。诗因为篇幅短，可以较为整饬；文因为篇幅长，势必要散行，于今观之，诗歌的变革之路是恢复古体、古风，所谓新诗，纯属胡闹，与此对应，文章的变革之路则是唐宋以来的古文运动。古文运动，名为复古，实则创新，等到白话文体出现以后，古文正籍其体得以新生，其关系如主与婢（世家子与乡间婢），而决非"白话文运动"发起者所妄言的白话胜利，文言消亡云云。

　　我之所以四字格式为为文旨归，犹刘梦溪援引马球浮语："国学应以六艺为旨归。"以免流于空泛，落于实处，另郁达夫氏曾撰文忆及年幼时习文经历，一名老塾师告诫他说，少用虚字，勿用浮词，文章便不古而自古了，此语亦值得今日文者深思。

　　在我国文章史的前期有一部《昭明文选》影响较大（文章选本肇始于此）。后期则有《古文观止》。今余倾二十年之力编竟此书，自此，此三编可并置于国人案头矣。

目录

杨思圣传 ··· 1
徐霞客传 ··· 2
原君 ··· 6
柳敬亭传 ··· 8
九牛坝观抵戏记 ··································· 10
芙蕖 ··· 14
复庵记 ·· 15
李姬传 ·· 16
马伶传 ·· 18
癸未去金陵日与阮光禄书 ···················· 20
就亭记 ·· 23
芋老人传 ··· 24
论梁元帝读书 ······································· 26
戴文进传 ··· 30
口技 ··· 31
大铁椎传 ··· 32
江天一传 ··· 34
传是楼记 ··· 37

核工记	39
市声说	40
《奇零草》序	42
游姑苏台记	44
阎典史传	46
选古文小品序	50
鸟说	51
醉乡记	52
画网巾先生传	53
狱中杂记	55
左忠毅公逸事	58
高阳孙文正公逸事	60
范县署中寄舍弟墨第四书	61
游三游洞记	63
为学一首示子侄	64
梅花岭记	65
亭林先生神道表	68
黄生借书说	76
游黄山记	77
祭妹文	79
与余存吾太史书	82
《鸣机夜课图》记	84
弈喻	87
岳飞	88
《古文辞类纂》序	89
左仲郛浮渡诗序	93

登泰山记	95
游媚笔泉记	97
朱竹君先生传	98
袁随园君墓志铭	100
重修盘门双忠祠记	102
冉氏烹狗记	103
自序	105
哀盐船文	108
治平篇	110
游翠微峰记	111
《词选》序	113
游西陂记	115
《阮小咸诗集》序	116
游小盘谷记	117
钵山余霞阁记	118
说居庸关	119
己亥六月重过扬州记	121
病梅馆记	124
说钓	125
《娑砧课诵图》序	126
习惯说	127
校刻浏阳谭氏《仁学》序	128
非"唯"	130
追悼志摩	133

杨思圣传

杨思圣少有神童之目。年十二,应童子试,拔置第一。明崇祯十二年乡试中副榜贡生,逾四年,举于乡。清顺治三年成进士,改翰林院庶吉士,寻授编修,预纂修实录之役,升修撰,历春坊侍读学士。时天下兵革初定,朝廷尚文治,杨思圣与柏乡魏裔介以文章道义相剧切,负海内重名,天下称之为杨魏,天下负奇才过都下者,争得其一言为荣。

清世祖一日座便殿,召杨思圣及陈煌至,赐上方笔札,书称旨,赏赐有加,旦夕柄用,而忌者谋欲中伤之。会上择廷臣才堪外任者,遂出为山西按察使。及至官,折狱精敏,三月清积案三百六十,无滥无枉,贪墨之吏,皆敛迹改行。升河南右布政使,革羡额,裕军饷,以廉洁称。时孙奇逢隐居夏峰,杨思圣独往见之,相得甚欢,以道统相属。

寻转四川左布政使,欲投劾归,作倦游草,不获已,遂入蜀。蜀新造,土荒不治,岁入仅三千缗。杨思圣阐心综理,道建开荒之策,增额至数万。其次则招外商,平剂物价,四方担负而至者不绝于市,蜀赖以。居四载,兴趣治行卓异第一。入觐,赐袍服有差。返任途中至轵关时,与同行好友殷岳曰:病亟矣,惟傅青主来可活耳。殷岳遂昼夜兼程赶至太原,请得傅山同归,而杨思圣已病故二日矣。魏裔介闻之叹曰:犹龙遂作古人,山川为之削色,然读其遗诗若文,不知涕之何自也。

徐霞客传

钱谦益

徐霞客者，名弘祖，江阴梧塍里人也。高祖经，与唐寅同举，除名。寅尝以倪云林画卷偿博进[1]三千，手迹犹在其家。霞客生里社，奇情郁然，玄[2]对山水，力耕奉母，践更[3]繇役，蹙蹙如笼鸟之触隅，每思飏去。年三十，母遣之出游。每岁三时[4]出游，秋冬觐省，以为常。东南佳山水，如东西洞庭、阳羡、京口、金陵、吴兴、武林、浙西径山、天目、浙东五泄、四明、天台、雁宕、南海落迦，皆几案衣带间物耳。有再三至，有数至，无仅一至者。

其行也，从一奴或一僧、一杖、一襆被，不治装，不裹粮；能忍饥数日，能遇食即饱，能徒步走数百里，凌绝壁，冒丛箐，扳援下上，悬度绠汲[5]，捷如青猿，健如黄犊；以垒岩为床席，以溪涧为饮沐，以山魅、木客[6]、王孙、䃺父为伴侣，僝僝粥粥[7]，口不能道；时与之论山经，辨水脉，搜讨形胜，则划然心开。居平未尝鏖觥[8]为古文辞，行游约数百里，就破壁枯树，燃松拾穗，走笔为记，如甲乙之簿，如丹青之画，虽才笔之士，无以加也。

游台、宕还，过陈木叔小寒山[9]，木叔问："曾造雁山绝顶否？"霞客唯唯。质明已失其所在，十日而返，曰："吾取间道，扪萝上龙湫，三十里，有宕焉，雁所家也。扳绝磴上十数里，正德间白云、云外两僧团瓢尚在[10]。复上二十余里，其颠罡风逼人，有麋鹿数百群，围绕而宿。三宿而始下。"其与人争奇逐胜，欲赌身命，皆此类也。已而游黄山、白岳、九华、匡庐[11]；入闽，登武夷，泛九鲤湖[12]；入楚，谒玄岳[13]；北游齐、鲁、燕、冀、嵩、雒；上华山，下青柯坪[14]，心动趣归，则其母正属疾，啮指[15]相望也。

母丧服阕，益放志远游。访黄石斋[16]于闽，穷闽山之胜，皆非闽人所知。登罗浮，谒曹溪，归而追及石斋于云阳。往复万里，如步武耳。繇终南背走峨眉，从野人采药，栖宿岩穴中，八日不火食，抵峨眉，属奢酋[17]阻兵，乃返。只身戴釜，访恒山于塞外，尽历九边[18]厄塞。归，过余山中，剧谈四游四极，九州九府[19]，经纬分合，历历如指掌。谓昔人志星官舆地[20]，多承袭傅会；江河二经[21]，山川两戒[22]，自纪载来，多囿于中国一隅。欲为昆仑海外之游，穷流沙而后返。小舟如叶，大雨淋湿，要之登陆，不肯，曰："譬如硐泉暴注，撞击肩

背,良足快耳!"

丙子[23]九月,辞家西迈。僧静闻愿登鸡足礼迦叶[24],请从焉。遇盗于湘江,静闻被创病死,函其骨,负之以行。泛洞庭,上衡岳,穷七十二峰。再登峨眉,北抵岷山,极于松潘。又南过大渡河,至黎、雅[25],登瓦屋[26]、晒经诸山。复寻金沙江,极于犛牛徼外[27]。由金沙南泛澜沧,由澜沧北寻盘江[28],大约在西南诸夷境,而贵竹[29]、滇南之观亦几尽矣。过丽江,憩点苍[30]、鸡足。瘗静闻骨于迦叶道场,从宿愿也。

由鸡足而西,出玉门关数千里,至昆仑山,穷星宿海[31],去中夏三万四千三百里。登半山,风吹衣欲堕,望见方外黄金宝塔。又数千里,至西番,参大宝法王[32]。鸣沙以外,咸称胡国,如迷卢、阿耨[33]诸名,由旬[34]不能悉。《西域志》称沙河阻远,望人马积骨为标识,鬼魅热风,无得免者,玄奘法师受诸魔折,具载本传。霞客信宿往返,如适莽苍[35]。还至峨眉山下,托估客附所得奇树虬根以归。并以《溯江纪源》一篇寓余,言《禹贡》岷山导江,乃泛滥中国之始,非发源也。中国入河之水为省五,入江之水为省十一,计其吐纳,江倍于河,按其发源,河自昆仑之北,江亦自昆仑之南,非江源短而河源长也。又辨三龙[36]大势,北龙夹河之北,南龙抱江之南,中龙中界之,特短;北龙只南向半支入中国,惟南龙磅礴半宇内,其脉亦发于昆仑,与金沙江相并南出,环滇池以达五岭。龙长则源脉亦长,江之所以大于河也。其书数万言,皆订补桑《经》郦《注》[37]及汉、宋诸儒疏解《禹贡》所未及,余撮其大略如此。

霞客还滇南,足不良行,修《鸡足山志》,三月而毕。丽江木太守饩糇粮[38],具笋舆以归。病甚,语问疾者曰:"张骞凿空[39],未睹昆仑;唐玄奘、元耶律楚材[40]衔人主之命,乃得西游。吾以老布衣,孤筇双屦,穷河沙,上昆仑,历西域,题名绝国,与三人而为四,死不恨矣。"余之识霞客也,因漳人刘履丁[41]。履丁为余言:"霞客西归,气息支缀[42],闻石斋下诏狱,遣其长子间关[43]往视,三月而反,具述石斋颂系[44]状,据床浩叹,不食而卒。"其为人若此。

梧下先生[45]曰:"昔柳公权记三峰事[46],有王玄冲者,访南坡僧义海,约登莲花峰,某日届山趾,计五千仞为一旬之程,既上,熽烟为信。海如期宿桃林[47],平晓,岳色清明,伫立数息,有白烟一道起三峰之顶。归二旬而玄冲至,取玉井莲[48]落叶数瓣,及池边铁船寸许遗海,负笈而去。玄冲初至,海谓之曰:"兹山削成,自非驭风凭云,无有去理。"玄冲曰:"贤人勿谓天不可登,但虑无其

志尔。"霞客不欲以张骞诸人自命,以玄冲拟之,并为三清[49]之奇士,殆庶几乎?霞客纪游之书,高可隐几。余属其从兄仲昭雠勘而存之,当为古今游记之最。霞客死时年五十有六。西游归以庚辰六月,卒以辛巳正月,葬江阴之马湾[50]。亦履丁云。

[注] [1]博进:赌博所输的钱。《汉书·陈遵传》:"官尊禄厚,可以偿博进矣。"颜师古注:"进者,会礼之财也,谓博所赌也。"[2]玄:默。[3]践更:受钱代人服徭役。[4]三时:指春、夏、秋三季。[5]悬度缒汲:以悬索度山谷,攀绳登山,如缒之汲水。[6]木客:传说中的山中怪兽,形体似人,爪长如鸟,巢于高树。王孙:猴子的别称。玃(jué决)父:马猴。[7]儚(méng萌)儚:昏昧的样子。粥(yù玉)粥:谦卑的样子。[8]鞶帨(pán shuì盘税):大带与佩巾,比喻华丽的藻饰。扬雄《法言·寡见》:"今之学者,非独为之华藻也,又从而绣其鞶帨。"故以鞶帨为雕章凿句。[9]陈木叔:陈函辉,原名炜,字木叔。崇祯进士,授靖江知县,明亡后从鲁王航海,已而相失,入云峰山,作绝命词十章,投水死。小寒山:陈函辉所居之地,其自号小寒山子。[10]正德:明武宗年号(1506—1521)。团瓢:圆形草屋。[11]白岳:山名,在安徽休宁县西四十里。九华:安徽九华山。匡庐:即庐山。[12]九鲤湖:在福建仙游县东北,相传有何姓兄弟九人炼丹于此,后各骑一鲤仙去,故称。[13]玄岳:武当山之别名。[14]青柯坪:在华山谷口内约十公里处。[15]啮指:《搜神记》载:曾子从仲尼在楚而心动,辞归问母,母曰:"思尔啮指。"后用以表达母亲对儿子的渴念。[16]黄石斋:黄道周,明福建漳浦人。天启进士,崇祯时官至少詹事,南明弘光朝任礼部尚书,后于福建拥立唐王,拜武英殿大学士,战败被俘至南京,不屈死。[17]奢酋:奢崇明。本苗族,世居四川永宁,为宣抚司。明熹宗时募川兵援辽,崇明等遂反,进围成都,国号大梁,后由朱燮元平定其乱。[18]九边:明代北方的九处要镇,即包括辽东、宣府、大同、延绥、宁夏、甘肃、蓟州、山西、固原。[19]四游:《太平御览》卷三六引纬书《尚书考灵异(曜)》:"地有四游,冬至地上,北而西三万里;夏至地下,南至东复三万里;春秋分,则其中矣。"四极:四方极远之地。《尔雅·释地》:"东至于泰远,西至于邠国,南至于濮铅,北至于祝栗,谓之四极。"按泰远至祝栗皆为古代传说中极远处国名。九州:《尔雅·释地》列举冀、豫、雍、荆、扬、兖、徐、幽、营等州为九州。九州州名,《尚书·禹贡》《周礼·夏官·职方氏》《吕氏春秋·有始览》《汉书·地理志》与《尔雅·释地》各书说法不一。后用以泛指中国。九府:谓九方的宝藏和特产。《尔雅·释地》列举东方、东南、南方、西南、西方、西北、北方、东北及中央出产之美者,是为九府。[20]星官:星宿天象的总称,指天文。舆地:地理。[21]江河二经:长江、黄河两条干流。徐

霞客《溯江纪源》："江、河为南北二经流，以其特达于海也。"[22] 两戒：唐代一行和尚提出的我国地理观象特征。北戒相当于今青海、陕北、山西、河北、辽宁一线；南戒相当于四川、陕南、河南、湖北、湖南、江西、福建一线。[23] 丙子：崇祯九年（1636）。[24] 鸡足：山名，在云南宾川西北。迦叶：摩诃迦叶，华言饮光胜尊。本事外道，后归佛教，释迦死后，传正法眼藏，为佛教长老。尝持僧伽梨衣入鸡足山。[25] 黎、雅：黎州（今四川汉源）、雅州（今四川雅安）。[26] 瓦屋：山名，在四川荣经县东南。晒经：山名，在四川越西县东北，山有广口，相传唐玄奘曾晒经于此，故名。[27] 犛牛徼外：出产犛牛的边远地区。[28] 盘江：有南盘江、北盘江，均发源于云南沾益。徐霞客著有《盘江考》。[29] 贵竹：即贵筑，县名，其地今入贵阳市。[30] 点苍：山名，一名大理山，在今云南大理白族自治州中部。[31] 星宿海：在青海省鄂陵湖以西，为黄河源散流地面而形成的浅湖群，罗列如星，故名。[32] 西番：即西藏。大宝法王：元世祖尊西藏喇嘛教萨迦派首领八思巴为大宝法王，明代因之。[33] 迷卢、阿耨：皆西域国名。[34] 由旬：梵语里程单位，约当军行一日的行程，或言四十里，或言三十里，或言十六里，因山川不同致行里不等。[35] 信宿：再宿。莽苍：空旷貌，此指郊野。语出《庄子·逍遥游》："适莽苍者三飡而返，腹犹果然。"[36] 龙：旧时指山形地势逶迤曲折似龙，故谓山脉曰龙。三龙之说，见徐霞客《溯江纪源》。[37] 桑《经》：相传《水经》为汉代桑钦所撰，故称。郦《注》：指郦道元所作《水经注》。[38] 木太守：明云南丽江府知府。洪武十六年（1383），以木德为知府。木德从征有功，子孙世袭此职。偫(zhì志)：储备。糇(hóu猴)粮：干粮。[39] 张骞：汉武帝时人，封博望侯，首先为汉沟通西域诸国。凿空：开通道路。[40] 耶律楚材：字晋卿，辽皇族，初仕金，后为元重臣，曾随元太祖出征西域。[41] 刘履丁：字渔仲，明末以诸生应辟召，擢郁林州知州。[42] 支缀：勉强支持连缀其气息。[43] 间关：辗转跋涉。[44] 颂(róng容)系：有罪入狱而不加刑。颂，同"容"，谓宽容。[45] 梧下先生：作者自称。[46] 柳公权：字诚悬，唐著名书法家。三峰：指莲花峰、落雁峰、朝阳峰。其记王玄冲登莲花峰事，见《小说旧闻记》，载涵芬楼本《说郛》卷四九。又见于唐皇甫枚《三水小牍》，文字大同小异。[47] 桃林：桃林坪，在华山谷口以南五里。[48] 玉井莲：韩愈《古意》："太华峰头玉井莲，开花十丈藕如船。"《华山记》："山顶有池，生千叶莲花。"[49] 三清：道家以为人天两界之外，别有三清，即玉清、太清、上清，为神仙居住之地。[50] 庚辰：明崇祯十三年(1640)。辛巳：崇祯十四年（1641）。陈函辉《徐霞客墓志铭》："霞客生于万历丙戌（十四年，1586)，卒于崇祯辛巳，年五十有六，以壬午(崇祯十五年，1642)春三月初九日，卜葬于马湾之新阡。"

原君

黄宗羲

有生之初，人各自私也，人各自利也；天下有公利而莫或兴之，有公害而莫或除之。有人者出，不以一己之利为利，而使天下受其利；不以一己之害为害，而使天下释其害；此其人之勤劳必千万于天下之人。夫以千万倍之勤劳，而己又不享其利，必非天之人情所欲居也。故古之人君，量而不欲入者，许由、务光[1]是也；入而又去之者，尧、舜是也；初不欲入而不得去者，禹是也。岂古之人有所异哉？好逸恶劳，亦犹夫人之情也。

后之为人君者不然。以为天下利害之权皆出于我，我以天下之利尽归于己，以天下之害尽归于人，亦无不可；使天下之人，不敢自私，不敢自利，以我之大私为天下之大公。始而惭焉，久而安焉。视天下为莫大之产业，传之子孙，受享无穷；汉高帝所谓"某业所就，孰与仲多"者[2]，其逐利之情，不觉溢之于辞矣。此无他，古者以天下为主，君为客，凡君之所毕世而经营者，为天下也。今也以君为主，天下为客，凡天下之无地而得安宁者，为君也。是以其未得之也，屠毒天下之肝脑，离散天下之子女，以博我一人之产业，曾不惨然。曰："我固为子孙创业也。"其既得之也，敲剥天下之骨髓，离散天下之子女，以奉我一人之淫乐，视为当然。曰："此我产业之花息也。"然则，为天下之大害者，君而已矣。向使无君，人各得自私也，人各得自利也。呜呼！岂设君之道固如是乎？

古者天下之人爱戴其君，比之如父，拟之如天，诚不为过也。今也天下之人怨恶其君，视之如寇仇，名之为独夫，固其所也。而小儒规规焉以君臣之义无所逃于天地之间，至桀、纣之暴，犹谓汤、武不当诛之，而妄传伯夷、叔齐无稽之事[3]，乃兆人万姓崩溃之血肉，曾不异夫腐鼠。岂天地之大，于兆人万姓之中，独私其一人一姓乎！是故武王圣人也，孟子之言，圣人之言也；后世之君，欲以如父如天之空名，禁人之窥伺者，皆不便于其言，至废孟子而不立[4]，非导源于小儒乎！

虽然，使后之为君者，果能保此产业，传之无穷，亦无怪乎其私之也。既以产业视之，人之欲得产业，谁不如我？摄缄縢、固扃鐍，一人之智力，不能胜天下欲得之者之众，远者数世，近者及身，其血肉之崩溃在其子孙矣。昔人愿世世无生帝王家[5],而毅宗之语公主,亦曰:"若何为生我家[6]!"痛哉斯言!回思创业时,其欲得天下之心,有不废然摧沮者乎!

是故明乎为君之职分,则唐、虞之世,人人能让,许由、务光非绝尘也;不明乎为君之职分,则市井之间,人人可欲,许由、务光所以旷后世而不闻也。然君之职分难明,以俄顷淫乐不易无穷之悲,虽愚者亦明之矣。

[注] [1]许由、务光:传说中的高士。唐尧让天下于许由,许由认为是对自己的侮辱,就隐居箕山中。商汤让天下于务光,务光负石投水而死。[2]"汉高"句:《史记·高祖本纪》载汉高祖刘邦登帝位后,曾对其父说:"始大人常以臣无赖,不能治产业,不如仲(其兄刘仲)力,今某之业所就,孰与仲多?"[3]伯夷、叔齐无稽之事:《史记·伯夷列传》载他俩反对武王伐纣,天下归周之后,又耻食周粟,饿死于首阳山。[4]废孟子而不立:《孟子·尽心下》中有"民为贵,社稷次之,君为轻"的话,明太祖朱元璋见而下诏废除祭祀孟子。[5]"昔人"句:《南史·王敬则传》载南朝宋顺帝刘准被逼出宫,曾发愿:"愿后身世世勿复生天王家!"[6]"而毅宗"句:毅宗,明崇祯帝,南明初谥思宗,后改毅宗,李自成军攻入北京后,他叹息公主不该生在帝王家,以剑砍长平公主,断左臂,然后自缢。

柳敬亭传

黄宗羲

余读《东京梦华录》[1]、《武林旧事》[2],记当时演史小说者数十人[3]。自此以来,其姓名不可得闻。乃近年共称柳敬亭之说书。

柳敬亭者,扬之泰州人[4]。本姓曹。年十五,犷悍无赖,犯法当死,变姓柳,之盱眙[5]市中为人说书,已能倾动其市人。久之,过江,云间[6]有儒生莫后光见之,曰:"此子机变,可使以其技鸣。"于是谓之曰:"说书虽小技,然必句性情[7],习方俗,如优孟摇头而歌[8],而后可以得志。"敬亭退而凝神定气,简练揣摩[9],期月[10]而诣莫生。生曰:"子之说,能使人欢咍嗢噱矣。"又期月,生曰:"子之说,能使人慷慨涕泣矣。"又期月,生喟然曰:"子言未发而哀乐具乎其前,使人之性情不能自主,盖进乎技矣[11]。"由是之扬,之杭,之金陵,名达于缙绅[12]间。华堂旅会,闲亭独坐,争延之使奏其技,无不当于心称善也。

宁南[13]南下,皖帅[14]欲结欢宁南,致敬亭于幕府。宁南以为相见之晚,使参机密。军中亦不敢以说书目敬亭。宁南不知书[15],所有文檄,幕下儒生设意修词,援古证今,极力为之,宁南皆不悦。而敬亭耳剽口熟,从委巷活套中来者,无不与宁南意合。尝奉命至金陵,是时朝中皆畏宁南,闻其使人来,莫不倾动加礼,宰执以下俱使之南面上坐,称柳将军,敬亭亦无所不安也。其市井小人昔与敬亭尔汝者,从道旁私语:"此故吾侪同说书者也,今富贵若此!"

亡何国变,宁南死。敬亭丧失其资略尽,贫困如故时,始复上街头理其故业。敬亭既在军中久,其豪猾大侠、杀人亡命、流离遇合、破家失国之事,无不身亲见,且五方土音,乡俗好尚,习见习闻,每发一声,使人闻之,或如刀剑铁骑,飒然浮空,或如风号雨泣,鸟悲兽骇,亡国之恨顿生,檀板之声无色[16],有非莫生之言可尽者矣。

[注] [1]《东京梦华录》:宋孟元老撰,共十卷。是作者南渡后追忆北宋东京汴梁的繁盛景况,记载当时开封许多人情风土习俗及社会典制、艺文资料等。[2]《武林旧事》:宋周密撰。为作者入元后追忆南宋都城杭州山川、风俗、市肆、物产及诸色伎艺而作。[3]记当时演史小说者数十人:宋时说话(说书)有小说、讲史(又称平话)、说经等名目。据《东京

梦华录》"京瓦伎艺"条载，北宋时讲史有孙宽等五人，小说有李慥等六人。《武林旧事》"诸色伎艺人"条记载，南宋时演史（讲史）有乔万卷等二十三人，小说有蔡和等五十二人。[4] 扬：扬州府。府治在今江苏扬州市。泰州：今江苏泰州市。[5] 盱眙：县名，在今江苏西部。[6] 云间：西晋文学家陆云家在华亭（今上海市松江），常对客自称"云间陆士龙"。因别称松江为"云间"。[7] 句（gōu 勾）性情：勾画、描摹人物的性格。句，同"勾"。[8] 优孟摇头而歌：语出《史记·滑稽列传》："太史公曰：优孟摇头而歌，负薪者以封。"优孟，春秋楚国的艺人，善以谈笑讽谏。楚相孙叔敖死，其子穷困负薪。优孟穿上孙叔敖生前衣冠，向楚庄王献酒。楚庄王以为孙叔敖复生，欲以为相。优孟即以孙叔敖子穷困之事为言，楚庄王于是给孙叔敖子以封地，使他摆脱困境。事见《史记·滑稽列传》。这句意谓说书要像优孟那样，达到形神毕肖至于乱真的地步。[9] 简练揣摩：《战国策·秦策一》："（苏秦）乃夜发书，陈箧数十，得《太公阴符》之谋，伏而诵之，简练以为揣摩。"简，选择。练，熟习。揣摩，反复探究原意。[10] 期（jī 基）月：一整月。[11] 进乎技矣：《庄子·养生主》："臣之所好者道也，进乎技矣。"句意谓柳敬亭说书的艺术已经超过技艺的范围。[12] 缙绅：亦作"搢绅"。旧时官吏插笏于绅，因以指官绅阶层。[13] 宁南：指左良玉（1599—1645），字昆山，明末山东临清人。早年在辽东与清军作战。侯恂（侯方域之父）荐为副将。后在河南一带与李自成、张献忠起义军作战多年。崇祯十五年（1642）被李自成大败于朱仙镇。崇祯十七年（1644）被封为宁南伯，驻武昌。福王立于南京，又进封宁南侯，拥兵至八十万。后病死。[14] 皖帅：指安徽提督杜宏域。他与柳敬亭是故交。[15] 不知书：《明史·左良玉传》称他"目不知书"，说左良玉不是读书人出身。[16] 檀板之声无色：意谓把伴奏的乐声都压下去了。檀板，檀木制的拍板，古时歌舞用以打拍子或伴奏。

九牛坝观抵戏[1]记

彭士望

　　树庐叟负幽忧之疾[2]于九牛坝茅斋之下。戊午闰月除日[3]，有为角抵之戏者，踵门告曰："其亦有以娱公？"叟笑而颔之。因设场于溪树之下。密云未雨，风木泠然，阴而不燥。于是邻幼生周氏之族、之宾、之友戚，山者牧樵，耕者犁犊，行担篓者，水桴楫者，咸停释而聚观焉。

　　初则累重案，一妇仰卧其上，竖双足承八岁儿，反覆卧起，或鹄立合掌拜跪，又或两肩接足。儿之足亦仰竖，伸缩自如。间又一足承儿，儿拳曲如莲出水状。其下则二男子、一妇、一女童与一老妇，鸣金鼓，俚歌杂佛曲和之，良久乃下。又一妇登场，如前卧，竖承一案，旋转周四角，更反侧背面承之；儿复立案上，拜起如前仪。儿下，则又承一木槌，槌长尺有半，径半之。两足圆转，或竖抛之而复承之。妇既罢，一男子登焉，足仍竖，承一梯可五级，儿上至绝顶，复倒竖穿级而下。叟悯其劳，令暂息，饮之酒。

　　其人更移场他处，择草浅平坡地，去瓦石，乃接木为跻，距地约八尺许。一男子履其上，傅粉墨，挥扇杂歌笑，阔步坦坦，时或跳跃，后更舞大刀，回翔中节。此戏，吾乡暨江左时有之，更有高丈馀者，但步不能舞。最后设软索，高丈许，长倍之：女童履焉，手持一竹竿，两头载石如持衡，行至索尽处，辄倒步，或仰卧，或一足立，或偃行，或负竿行如担，或时坠挂，复跃起；下鼓歌和之，说白俱有名目，为时最久，可十许刻。女下，妇索帕蒙双目为瞽者，番跃而登，作盲状，东西探步，时跌若坠，复摇晃似战惧，久之乃已；仍持竿，石加重，盖其衡也。

　　方登场时，观者见其险，咸为之股栗，毛发竖，目眩晕，惴惴惟恐其倾坠。叟视场上人，皆暇整[4]从容而静，八岁儿亦斋栗如先辈主敬[5]，如入定僧。此皆诚一之所至，而专用之于习，惨淡攻苦，屡蹉跌而不迁，审其机以应其势，以得其致力之所在；习之又久，乃至精熟，不失毫芒，乃始出而行世，举天下之至险阻者皆为简易。夫曲艺[6]则亦有然者矣！以是知至巧出于至平，盖以志凝其气，气动其天，非卤莽灭裂[7]之所能效此。其意庄生知之，私其身不以用于天下[8]；仪、秦[9]亦知之，且习之，以人国戏，私富贵以自贼其身与名。庄所称僚之弄丸[10]、庖丁之解牛[11]、伛偻之承蜩[12]、纪渻子之养鸡[13]，推之伯昏瞀人[14]临千仞之蹊，足逡巡垂二分在外，吕梁丈人[15]出没于悬水三十仞，流沫四十里之间，何莫非是，其神全也。叟又以视观者，久亦忘其为险，无异康庄大道中，与之俱化。甚矣，习之能移人也！

其人为叟言：祖自河南来零陵[16]，传业者三世，徒百馀人。家有薄田，颇苦赋役；携其妇与妇之娣姒，兄之子，提抱之婴孩，糊其口于四方，赢则以供田赋。所至江、浙、两粤、滇、黔、口外绝徼之地[17]，皆步担，器具不外贷。谙草木之性，捃摭续食，亦以哺其儿。

叟视其人，衣敝缊，飘泊羁穷，陶然有自乐之色，群居甚和适。男女五六岁即授技，老而休焉，皆有以自给。以道路为家，以戏为田，传授为世业。其肌体为寒暑风雨冰雪之所顽，智意为跋涉艰远、人情之所儆怵磨砺，男妇老稚皆顽钝。儇敏机利，捷于猿猱，而其性旷然如麋鹿。

叟因之重有感矣。先王之教，久矣夫不明不作，其人恬自处于优笑巫觋[18]之间，为夏仲御[19]之所深疾；然益知天地之大，物各遂其生成，稗稻并实，无偏颇也。彼固自以为戏，所游历几千万里，高明巨丽之家，以迄三家一巷之村市，亦无不以戏观之，叟独以为有所用。身老矣，不能事洴澼绕[20]，亦安所得以试其不龟手之药，托空言以记之。固哉，王介甫[21]谓鸡鸣狗盗之出其门，士之所以不至！患不能致鸡鸣狗盗耳，吕惠卿[22]辈之谲谩，曾鸡鸣狗盗之不若。鸡鸣狗盗之出其门，益足以致天下之奇士，而孟尝未足以知之。信陵、燕昭[23]知之，所以收浆、博、屠者[24]之用，千金市死马之骨，而遂以报齐怨[25]。宋亦有张元、吴昊[26]，虽韩、范[27]不能用，以资西夏，宁无复以叟为戏言也。悲夫！

[注] [1]抵戏：古代一种技艺表演，类似今天的摔跤，也泛指杂技。张衡《西京赋》："临迥望之广场，程角抵之妙戏。"其所罗列者有：扛鼎、爬竿、钻越置有矛的席筒、跳丸、走索、吞刀吐火等。[2] 树庐叟：作者自称，彭士望一字树庐。幽忧之疾：《庄子·让王》："我适有幽忧之病。"指深重的忧劳。[3] 戊午闰月：康熙十七年(1678)闰三月。除日：指一个月的最后一天。[4] 暇整："好整以暇"的省语，语出《左传·成公十六年》，意谓紧张之中能保持镇静。[5] 斋栗：敬畏恐惧的样子。语出《尚书·大禹谟》。主敬：持守诚敬，为宋儒律身之本。宋程颐《周易程氏传》："君子主敬以直其内，守义以方其外。"其语又本于《易·坤·文言》："君子敬以直内，义以方外"（以敬使内心正直，以义使外物端方）。[6] 曲艺：小技。《礼记·文王世子》："曲艺皆誓之。"郑玄注："曲艺，为小技能也。"此指杂技。[7] 卤

莽灭裂：《庄子·则阳》："长梧封人问子牢曰：'君为政焉勿卤莽，治民焉勿灭裂。昔予为禾，耕而卤莽之，则其实亦卤莽而报予；芸而灭裂之，其实亦灭裂而报予。'"成玄英疏："卤莽，不用心也。灭裂，轻薄也。"[8]庄生：即庄子，名周，战国时思想家。私其身不以用于天下：老、庄思想主张清静无为，洁身自好，在《庄子》中屡有反映。如《逍遥游》尧让天下于许由，许由说："鹪鹩巢于深林，不过一枝；偃鼠饮河，不过满腹。归休乎君，予无所用天下为！"又《人间世》："山木自寇（自招砍伐）也，膏火自煎也。桂可食，故伐之；漆可用，故割之。人皆知有用之用，而莫知无用之用也。"皆是。[9]仪、秦：张仪、苏秦，均为战国时纵横家，同学于鬼谷先生之门。苏秦游说六国合纵抗秦，为纵约长，佩六国相印。后纵约为张仪所破，至齐任客卿，为齐大夫使人刺死。张仪入秦，惠王拜为相，以连横之策使六国分别事秦，纵约瓦解。秦惠王卒，子武王立，不喜张仪，仪乃去秦为魏相，卒于魏。司马迁谓"此两人真倾危之士"（《史记·张仪传赞》）。[10]僚之弄丸：春秋时楚国勇士熊宜僚善弄丸。《庄子·徐无鬼》："市南宜僚弄丸而两家之难解。"弄丸，以众丸投空，以手相接，使不堕地。[11]庖丁之解牛：庖丁肢解割切牛肉有神技，见《庄子·养生主》。[12]伛佝(gōu 勾)之承蜩(tiáo 条)：据《庄子·达生》中说，孔子去楚国，见到一个曲背的人用竿胶蝉，因他经过不断的锻炼，故技艺高超。[13]纪渻(shěng)子之养鸡：据《庄子·达生》载，纪渻子为齐王养斗鸡，经四十天的训练，鸡被养得像木鸡一样，别的鸡见了都怯走。[14]伯昏瞀(mào 冒)人：一作伯昏无人。楚国隐者，曾登高山，临深渊而无所畏惧，事见《庄子·田子方》。[15]吕梁丈人：据《庄子·达生》载，孔子在吕梁（今山西省西部）见一男子（丈夫）在飞悬的瀑布下游泳，水性极好，自言"长于水而安于水"也。[16]零陵：今湖南永州市。[17]口外绝徼之地：口，长城的关隘，口外即长城以北地区。绝徼，极远的边界。[18]优笑：以乐舞戏谑、逗人笑乐为业的艺人。巫觋(xí习)：以装神弄鬼、代人祈祷为业的人，女的叫巫，男的叫觋。[19]夏仲御：夏统，字仲御，晋代人，其叔父敬宁，祀先人，迎女巫，表演歌舞杂技，夏统见到后惊愕而走，事见《晋书·隐逸传》。[20]洴澼绕(píng pì kuàng 平辟况)：漂洗棉絮。《庄子·逍遥游》中说宋国有人善于配制治疗冬天皮肤皲裂的药（不龟手之药），世代漂洗棉絮，后来将药方卖给了一个人，此人用这个药方为吴王带兵在冬天去打越人，取得胜利，结果得了封地。[21]王介甫：王安石。写有《读孟尝君传》，论及孟尝君结交鸡鸣狗盗之徒，"此士之所以不至也"。[22]吕惠卿：字吉甫，初附和新法，为王安石所信任，后安石去位，竭力排斥安石。[23]信陵：战国时魏公子信陵君。燕昭：燕昭王。[24]浆、博、屠者：信陵君曾结交卖浆者薛公、赌徒毛公和屠户朱亥，后都为信陵君效劳。[25]"千金"二句：燕昭王欲招贤，后从郭隗计，以千金买死去的千里马之骨，各地人才纷纷投奔燕国，终于大破齐国而报了仇。[26]张元、吴昊：两人都为陕西才士，久困场屋，曾谒韩琦、范仲淹，未能被用，闻西夏王赵元昊有意袭宋，便自称张元、吴昊投奔西夏。

[27] 韩、范：韩琦、范仲淹，都是北宋的大政治家，均曾任陕西经略招讨副使，改革政事，世称韩、范。

芙蕖

李渔

　　芙蕖与草本诸花似觉稍异，然有根无树，一岁一生，其性同也。谱云："产于水者曰草芙蓉，产于陆者曰旱莲。"则谓非草本不得矣。予夏季倚此为命者[1]，非故效颦于茂叔[2]而袭成说于前人也。以芙蕖之可人，其事不一而足，请备述之。

　　群葩当令时，只在花开之数日，前此后此皆属过而不问之秋矣。芙蕖则不然，自荷钱出水之日，便为点缀绿波。及其茎叶既生，则又日高日上，日上日妍。有风既作飘摇之态，无风亦呈袅娜之姿，是我于花之未开，先享无穷逸致矣。迨至菡萏[3]成花，娇姿欲滴，后先相继，自夏徂秋，此则在花为分内之事，在人为应得之资者也。及花之既谢，亦可告无罪于主人矣，乃复蒂下生蓬，蓬中结实，亭亭独立，犹似未开之花，与翠叶并擎，不至白露为霜而能事不已。此皆言其可目者也。

　　可鼻，则有荷叶之清香，荷花之异馥，避暑而暑为之退，纳凉而凉逐之生。

　　至其可人之口者，则莲实与藕皆并列盘餐而互芬齿颊者也。

　　只有霜中败叶，零落难堪，似成弃物矣，乃摘而藏之，又备经年裹物之用。

　　是芙蕖也者，无一时一刻不适耳目之观，无一物一丝不备家常之用者也。有五谷之实而不有其名，兼百花之长而各去其短，种植之利有大于此者乎？

　　予四命之中，此命为最。无如酷好一生，竟不得半亩方塘为安身立命之地。仅凿斗大一池，植数茎以塞责，又时病其漏[4]，望天乞水以救之，殆所谓不善养生而草菅其命者哉。

[注]　[1]倚此为命者：李渔《笠翁偶集·种植部》："予有四命，各司一时：春以水仙、兰花为命，夏以莲为命，秋以秋海棠为命，冬以蜡梅为命。无此四花，是无命也。"下文"予四命之中，此命为最"亦本此。[2]茂叔：宋周敦颐，字茂叔。[3]菡萏(hàn dàn 憾旦)：荷花的别称。[4]病其漏：以池水渗漏为苦。

复庵记

顾炎武

旧中涓[1]范君养民，以崇祯十七年夏，自京师徒步入华山为黄冠。数年，始克结庐于西峰之左，名曰复庵。华下之贤士大夫多与之游，环山之人皆信而礼之。而范君固非方士者流也。

幼而读书，好《楚辞》；诸子及经史多所涉猎。为东宫[2]伴读。

方李自成之挟东宫二王以出也，范君知其必且西奔，于是弃其家走之关中，将尽厥职焉。乃东宫不知所之，而范君为黄冠矣。

太华之山，悬崖之巅，有松可荫，有地可蔬，有泉可汲，不税于官，不隶于宫观之籍。华下之人或助之材，以创是庵而居之。有屋三楹，东向以迎日出。

余尝一宿其庵。开户而望，大河之东，雷首之山[3]苍然突兀，伯夷叔齐之所采薇而饿者，若揖让乎其间，固范君之所慕而为之者也。自是而东，则汾之一曲，绵上之山出没于云烟之表，如将见之，介子推之从晋公子，既反国而隐焉，又范君之所有志而不遂者也。又自是而东，太行、碣石之间，宫阙山陵之所在，去之茫茫，而极望之不可见矣，相与泫然。

作此记，留之山中。后之君子登斯山者，无忘范君之志也。

[注] [1]旧：指明朝。中涓：内侍太监，主持宫中清洁扫除。[2]东宫：太子所居之宫，这里指太子。[3]雷首之山：雷首山，在山西永济县南。此山西起雷首山，东至吴坂，绵亘数百里。随地而异名，有中条山、历山、首阳山等称。

李姬传

侯方域

　　李姬者名香[1]，母曰贞丽[2]。贞丽有侠气，尝一夜博，输千金立尽。所交接皆当世豪杰，尤与阳羡陈贞慧[3]善也。姬为其养女，亦侠而慧，略知书，能辨别士大夫贤否，张学士溥[4]、夏吏部允彝[5]亟称之。少，风调[6]皎爽不群；十三岁，从吴人周如松受歌玉茗堂四传奇[7]，皆能尽其音节。尤工琵琶词[8]，然不轻发也。

　　雪苑侯生[9]，己卯[10]来金陵，与相识。姬尝邀侯生为诗，而自歌以偿之。初，皖人阮大铖者，以阿附魏忠贤论城旦[11]，屏居金陵，为清议[12]所斥。阳羡陈贞慧、贵池[13]吴应箕实首其事，持之力。大铖不得已，欲侯生为解之，乃假所善王将军，日载酒食与侯生游。姬曰："王将军贫，非结客者，公子盍叩之？"侯生三问，将军乃屏人述大铖意。姬私语侯生曰："妾少从假母识阳羡君，其人有高义，闻吴君尤铮铮。今皆与公子善，奈何以阮公负至交乎？且以公子之世望[14]，安事阮公！公子读万卷书，所见岂后于贱妾耶？"侯生大呼称善，醉而卧。王将军者殊怏怏，因辞去，不复通。

　　未几，侯生下第[15]。姬置酒桃叶渡[16]，歌琵琶词以送之，曰："公子才名文藻，雅不减中郎[17]。中郎学不补行[18]，今琵琶所传词固妄，然尝昵董卓，不可掩也。公子豪迈不羁，又失意，此去相见未可期，愿终自爱，无忘妾所歌琵琶词也！妾亦不复歌矣！"

　　侯生去后，而故开府田仰[19]者，以金三百锾，邀姬一见。姬固却之。开府惭且怒，且有以中伤姬。姬叹曰："田公岂异于阮公乎？吾向之所赞于侯公子者谓何？今乃利其金而赴之，是妾卖公子矣！"卒不往。

　　[注]　[1]李姬者名香：李香，又称香君。[2]贞丽：姓李，字淡如，明末秦淮名妓。[3]阳羡：江苏宜兴的古称。陈贞慧：即陈定生，参见《癸未去金陵日与阮光禄书》注[11]。[4]张学士溥：字天如，江苏太仓人，复社发起人之一，崇祯四年进士，授庶吉士，故尊称为学士。[5]夏吏部允彝：字彝仲，江苏松江（今属上海）人，与陈子龙等创立"几社"，与"复社"呼应。明亡参加抗清斗争，被俘后投水自杀。曾在吏部任职，故称为吏部。[6]风调：风韵格调。

[7] 周如松：即当时著名昆曲家苏昆生，原籍河南，寄籍无锡，故称"吴人"。玉茗堂：汤显祖书斋名。四传奇：指汤的代表作《紫钗记》、《牡丹亭》（《还魂记》）、《南柯记》与《邯郸记》。
[8] 琵琶词：指明初高则诚所作传奇《琵琶记》的曲辞。[9] 雪苑侯生：侯方域自号雪苑。
[10] 己卯：明崇祯十二年（1639）。[11] 阮大铖：字集之，号圆海，怀宁（今安徽安庆）人。余参见《癸未去金陵日与阮光禄书》注 [10]。论城旦：指阮大铖在崇祯初年阉党败后名列逆案，被革职为民。论，判罪。城旦，秦汉时罪人所充劳役的一种，白日防寇，夜间筑城，一般以四年为期。此处作处徒刑服苦役的代称。[12] 清议：公正的评论。古代一般指乡里或学校中对官吏的批评。后世亦指朝廷中职司风宪监察或翰林院中的官吏对朝政的批评。《明史·马士英传》："流寇逼皖，大铖避居南京。……无锡顾杲、吴县杨廷枢、芜湖沈士柱、余姚黄宗羲、鄞县万泰等，皆复社中名士，方聚讲南京，恶大铖甚，作《留都防乱揭》逐之。" [13] 贵池：今属安徽省。吴应箕：即吴次尾。参见《癸未去金陵日与阮光禄书》注 [11]。[14] 世望：世家望族。归德侯氏数代簪缨。这里还包含有方域父侯恂曾参加东林党反对阉党为世人所敬仰事。[15] 下第：应科举未中，此处指参加应天乡试。[16] 桃叶渡：在南京城内秦淮河与清溪合流处。相传东晋王羲之曾于此送其爱妾桃叶渡河，故名。王羲之作有《桃叶歌》。[17] 中郎：指东汉蔡邕，为《琵琶记》中的男主角。邕曾官左中郎将，故称。[18] 学不补行：学问虽好却不能弥补其品行上的缺点。[19] 开府：明清时称各地的督抚。田仰：贵阳人，马士英的亲戚，弘光时为淮扬巡抚。

马伶传

侯方域

马伶者，金陵梨园部[1]也。金陵为明之留都[2]，社稷百官皆在；而又当太平盛时，人易为乐。其士女之问桃叶渡[3]、游雨华台[4]者，趾相错也。梨园以技鸣者，无虑数十辈，而其最著者二：曰兴化部，曰华林部。

一日，新安贾[5]合两部为大会，遍征金陵之贵客文人，与夫妖姬静女，莫不毕集。列兴化于东肆，华林于西肆，两肆皆奏《鸣凤》——所谓椒山先生[6]者。迨半奏，引商刻羽，抗坠疾徐，并称善也。当两相国论河套[7]，而西肆之为严嵩相国者曰李伶，东肆则马伶。坐客乃西顾而叹，或大呼命酒，或移坐更近之，首不复东。未几更进，则东肆不能复终曲。询其故，盖马伶耻出李伶下，已易衣遁矣。

马伶者，金陵之善歌者也。既去，而兴化部又不肯辄以易之，乃竟辍其技不奏，而华林部独著。去后且三年，而马伶归，遍告其故侣，请于新安贾曰："今日幸为开宴，招前日宾客，愿与华林部更奏《鸣凤》，奉一日欢。"既奏，已而论河套，马伶复为严嵩相国以出，李伶忽失声，匍匐前[8]，称弟子。兴化部是日遂凌出华林部远甚。其夜，华林部过马伶曰："子，天下之善技也，然无以易李伶。李伶之为严相国，至矣，子又安从授之而掩其上哉？"马伶曰："固然，天下无以易李伶，李伶即又不肯授我。我闻今相国昆山顾秉谦[9]者，严相国俦也。我走京师，求为其门卒三年，日侍昆山相国于朝房，察其举止，聆其语言，久乃得之。此吾之所为师也。"华林部相与罗拜而去。

马伶名锦，字云将，其先西域人，当时称为马回回云。

侯方域曰：异哉，马伶之自得师也！夫其以李伶为绝技，无所干求，乃走事昆山，见昆山犹之见分宜[10]也。以分宜教分宜，安得不工哉！呜呼！耻其技之不若，而去数千里，为卒三年。倘三年犹不得，即犹不归尔。其志如此，技之工又须问耶？

[注] [1]金陵：古地名，今江苏南京。梨园部：指戏班。梨园是唐玄宗时在皇宫中教练歌舞艺人的地方。唐代宫廷乐舞有两大类别：坐部伎和立部伎。坐部伎在堂上表演。在梨园教练的为坐部伎。后世也称戏班为"梨园部"或"梨园"。[2]留都：古代王朝迁都后，常

在旧都置官留守，称留都。[3] 桃叶渡：南京的名胜之地。[4] 雨华台：即雨花台，南京的名胜之地。[5] 新安：隋、唐时郡名，其辖境大致相当于后来的徽州（包括今安徽歙县等地）。新安贾指徽州商人。[6]《鸣凤》：指《鸣凤记》，明代戏曲剧本名，演杨继盛与明代奸相严嵩斗争、被害及昭雪的故事。椒山先生即指杨继盛。[7] 两相国论河套：指《鸣凤记》所演奸相严嵩与另一宰相夏言争论应否恢复河套的事。河套，指今内蒙古自治区和宁夏回族自治区境内贺兰山以东、狼山和大青山南、黄河沿岸的地区。[8] 匍匐前：伏地前行。[9] 顾秉谦：昆山（今属江苏）人，万历二十三年(1544)进士，历任文渊阁大学士、建极殿大学士，晋少师。谄附魏忠贤，陷害杨涟、左光斗等。《明史》入《阉党传》。[10] 分宜：指严嵩。严嵩为江西分宜人。

癸未去金陵日与阮光禄书

侯方域

仆窃闻君子处己，不欲自恕而苛责他人以非其道。今执事[1]之于仆，乃有不然者，愿为执事陈之。

执事，仆之父行[2]也，神宗[3]之末，与大人[4]同朝，相得甚欢。其后乃有欲终事执事而不能者，执事当自追忆其故，不必仆言之也。大人削官归[5]，仆时方少，每侍，未尝不念执事之才，而嗟惜者弥日。及仆稍长，知读书，求友金陵，将戒途，而大人送之曰："金陵有御史成公勇[6]者，虽于我为后进，我常心重之。汝至，当以为师。又有老友方公孔炤[7]，汝当持刺拜于床下。"语不及执事。及至金陵，则成公已得罪去[8]，仅见方公，而其子以智者[9]，仆之夙交也，以此晨夕过从。执事与方公，同为父行，理当谒。然而不敢者，执事当自追忆其故，不必仆言之也。今执事乃责仆与方公厚，而与执事薄。噫，亦过矣。

忽一日，有王将军过仆甚恭。每一至，必邀仆为诗歌，既得之，必喜。而为仆贳酒奏伎，招游舫，携山屐，殷殷积旬不倦。仆初不解，既而疑，以问将军。将军乃屏人以告仆曰："是皆阮光禄[10]所愿纳交于君者也，光禄方为诸君所诟，愿更以道之君之友陈君定生、吴君次尾[11]，庶稍湔乎。"仆敛容谢之曰："光禄身为贵卿，又不少佳宾客，足自娱，安用此二三书生为哉。仆道之两君，必重为两君所绝。若仆独私从光禄游，又窃恐无益光禄。辱相款八日，意良厚，然不得不绝矣。"凡此皆仆平心称量，自以为未甚太过，而执事顾含怒不已，仆诚无所逃罪矣。

昨夜方寝，而杨令君文骢[12]叩门过仆曰："左将军[13]兵且来，都人汹汹，阮光禄扬言于清议堂[14]，云子与有旧[15]，且应之于内，子盍行乎。"仆乃知执事不独见怒，而且恨之，欲置之族灭而后快也。仆与左诚有旧，亦已奉熊尚书[16]之教，驰书止之，其心事尚不可知。若其犯顺，则贼也；仆诚应之于内，亦贼也。士君子稍知礼义，何至甘心作贼。万一有焉，此必日暮途穷，倒行而逆施[17]，若昔日干儿义孙之徒[18]，计无复之，容出于此。而仆岂其人耶！何执事文织之深也。

窃怪执事常愿下交天下士，而展转蹉跎，乃至嫁祸而灭人之族，亦甚违其

文章雅正

本念。倘一旦追忆天下士所以相远之故，未必不悔，悔未必不改。果悔且改，静待之数年，心事未必不暴白。心事果暴白，天下士未必不接踵而至执事之门。仆果见天下士接踵而至执事之门，亦必且随属其后，长揖谢过，岂为晚乎？而奈何阴毒左计一至于此！仆今已遭乱无家，扁舟短棹，措此身甚易。独惜执事歧机一动，长伏草莽则已，万一复得志，必至杀尽天下士以酬其宿所不快。则是使天下士终不复至执事之门，而后世操简书以议执事者，不能如仆之词微而义婉也。

仆且去，可以不言，然恐执事不察，终谓仆于长者傲，故敢述其区区，不宣。

[注] [1] 执事：书信中用以称对方，谓不敢直陈，故向侍从左右供使令的人陈述，意示尊敬。与"阁下""左右"等同一用意。[2] 父行：与父亲同一辈分。[3] 神宗：明神宗朱翊钧，年号万历（1573—1620）。 [4] 大人：谓其父侯恂，当时任御史等职。 [5] 大人削官归：熹宗天启四年（1624），侯恂以反对阉党魏忠贤，被削官归里。 [6] 成公勇：字仁有，天启五年进士，崇祯时官南京御史。[7] 方孔炤：字潜夫，号仁植，安徽桐城人，万历四十四年进士，崇祯时任右佥都御史巡抚湖广。明亡后隐居桐城白鹿山。 [8] 成公已得罪去：成勇上疏诋兵部尚书杨嗣昌，被削籍戍宁波卫。 [9] 方以智：字密之，号曼公，方孔炤之子。明清之际思想家、科学家。崇祯进士，官翰林院检讨。曾参加复社活动，为四公子之一。入清，出家为僧，法名大智，字无可。[10] 阮光禄：阮大铖，字集之，号圆海，怀宁（今安徽安庆）人，万历四十四年与马士英同中会试，天启时依附阉党魏忠贤，任光禄寺卿。阉党败后，名列逆案，被革职为民。崇祯末又依附权奸马士英，在南京拥立福王，任兵部尚书。后降清，从清军攻仙霞关，死于山上。[11] 陈定生：陈贞慧，字定生，宜兴（今属江苏）人，复社四公子之一，曾与吴应箕等抨击阉党余孽阮大铖等。明亡，隐居不出。吴次尾：吴应箕，字次尾，复社四公子之一。明亡，起兵抗清，兵败被俘，不屈死。[12] 杨令君文骢：令君，汉末以来称尚书令及郎中令为"令君"，后亦以为县令的尊称。杨文骢，字龙友，贵阳人。崇祯时，历任青田、永嘉、江宁知县，因故夺职。弘光时任兵备副使，巡抚常、镇，兼辖扬州沿海地方。南京陷，隆武帝立，任兵部右侍郎，在浙江衢州抵抗清兵，隆武二年（1646）兵败被执，不屈而死。[13] 左将军：左良玉，字昆山，临清（今属山东）人，明末大将，弘光时封宁南侯。[14] 清议堂：当时朝廷大臣商议军政大事之所。[15] 子与有旧：左良玉曾隶昌平督师侯恂（侯方域父）麾下，为恂所识拔。左尝三过商丘侯府，拜伏如家人。崇祯十五年，左又再度隶属起自狱中、任中原督师的侯恂麾下。有旧，犹言有关系。[16] 熊尚书：南京兵部尚书熊明遇。[17] 日暮途穷，倒行而逆施：《史记·伍子胥列传》载：伍子胥引吴兵入楚，掘发楚平王墓，鞭其尸。申包胥使人责子胥。"伍子胥曰：

'为我谢申包胥曰：吾日暮途远，吾故倒行而逆施之。'"[18] 干儿义孙之徒：魏忠贤专政时，干儿义孙甚多，有"十孩儿、四十孙"之号。阮曾依附魏忠贤，造《百官图》，构陷杨涟、左光斗等，与魏之"干儿义孙"无异，故侯方域以此诋讥之。

就亭记

施闰章

地有乐乎游观，事不烦乎人力，二者常难兼之；取之官舍，又在左右，则尤难。临江[1]地故硗啬[2]，官署坏陋，无陂台亭观之美。予至则构数楹为阁山草堂，言近乎阁皂[3]也。而登望无所，意常怏怏。一日，积雪初霁，得轩侧高阜，引领南望，山青雪白，粲然可喜。遂治其芜秽，作竹亭其上，列植花木，又视其屋角之障吾目者去之，命曰就亭，谓就其地而不劳也。

古之士大夫出官于外，类得引山水自娱。然或逼处都会，讼狱烦嚣，舟车旁午，内外酬应不给。虽仆仆于陂台亭观之间，日餍酒食，进丝竹，而胸中之丘壑盖已寡矣。何者？形怠意烦，而神为之累也。临之为郡，越在江曲[4]，阒[5]焉若穷山荒野。予方愍其凋敝，而其民亦安予之拙，相与休息。俗俭讼简，宾客罕至，吏散则闭门，解衣槃礴[6]移日，山水之意，未尝不落落[7]焉在予胸中也。

顷岁军兴[8]，征求络绎，去阁皂四十里，未能舍职事一往游。聊试登斯亭焉，悠然户庭，凭陵雉堞[9]，厥位东南，日月先至。碧嶂清流，江帆汀鸟，烟雨之出没，橘柚之青葱，莫不变气象、穷妍巧，戞[10]胸拂睫，辐辏[11]于栏槛之内，盖若江山云物有悦我而昵就者。夫君子居则有宴息[12]之所，游必有高明之具[13]，将以宣气节情[14]，进于广大疏通之域[15]，非独游观云尔也。予窃有志，未之逮，姑与客把酒咏歌，陶然以就醉焉。

[注] [1]临江：今江西清江，时施闰章以江西参议驻此。[2]硗(qiāo敲)：土地不肥。啬：土地出产少。[3]阁皂：山名，在临江。[4]越在江曲：远在赣江边。[5]阒：寂静。[6]槃礴：即箕坐，叉开腿坐，此指不拘礼仪。[7]落落：明显貌。[8]军兴：打仗，指清军进攻残明势力。[9]雉堞：指城墙。[10]戞：触击。[11]辐辏：聚集。[12]宴息：安息。[13]高明之具：上好的佐游之物。[14]宣气节情：宣泄内心的积郁之气，调节各种情绪。[15]进于广大疏通之域：指达到一种开阔舒朗的境界。

芋老人传

周容

芋老人者,慈水祝渡[1]人也。子佣出[2],独与妪居渡口。一日,有书生避雨檐下,衣湿袖单,影[3]乃益瘦。老人延入坐,知从郡城就童子试[4]归。老人略知书,与语久,命妪煮芋以进;尽一器,再进。生为之饱,笑曰:"他日不忘老人芋也。"雨止,别去。

十馀年,书生用甲第为相国[5]。偶命厨者进芋,辍箸叹曰:"何向者祝渡老人之芋之香而甘也!"使人访其夫妇,载以来。丞、尉[6]闻之,谓老人与相国有旧[7],邀见,讲钧礼[8]。子不佣矣。至京,相国慰劳曰:"不忘老人芋,今乃烦尔妪一煮芋也。"已而妪煮芋进,相国亦辍箸曰:"何向者之香而甘也!"

老人前曰:"犹是[9]芋也,而向之香而甘者,非调和[10]之有异,时、位之移人[11]也。相公昔自郡城走数十里,困于雨,不择食矣;今者堂有炼珍[12],朝分尚食[13],张筵列鼎[14],尚何芋是甘乎?老人犹喜相公之止于芋[15]也。老人老矣,所闻实多:村南有夫妇守贫者[16],织纺井臼[17],佐读勤苦;幸获名成,遂宠妾媵,弃其妇,致郁郁死。是芋视乃妇[18]也。城东有甲乙同学者,一砚、一灯、一窗、一榻,晨起不辨衣履;乙先得举[19],登仕路,闻甲落魄,笑不顾,交以绝。是芋视乃友也。更闻谁氏子[20],读书时,愿他日得志,廉干如古人某,忠孝如古人某;及为吏,以污贿不饬[21]罢,是芋视乃学也。是犹可言也。老人邻有西塾[22],闻其师为弟子说前代事,有将、相,有卿、尹[23],有刺史、守、令[24],或绾黄纡紫[25],或揽辔褰帷[26],一旦事变中起[27],衅孽外乘[28],辄屈膝叩首迎款[29],惟恐或后,竟以宗庙、社稷、身名、君宠[30],无不同于芋焉。然则世之以今日而忘其昔日者,岂独一箸间哉!"

老人语未毕,相国遽惊谢曰:"老人知道者!"厚赍而遣之。于是芋老人之名大著。

赞曰:老人能于倾盖不意[31],作缘[32]相国,奇已!不知相国何似,能不愧老人之言否。然就其不忘一芋,固已贤夫并老人而芋视之者。特怪老人虽知书,又何长于言至是,岂果知道者欤?或传闻之过实耶?嗟夫!天下有缙绅士大夫所不能言,而野老鄙夫能言之者,往往而然。

[注] [1] 慈水：在浙江慈溪县。祝渡：即祝家渡，渡口在慈溪县西南约三十华里。用实有地名，意在增强真实性。[2] 佣出：外出做雇工。[3] 影：身影，指体形。[4] 童子试：明清科举录取秀才的考试。[5] 用甲第为相国：由考取一甲进士而官至宰相。[6] 丞、尉：县官的副职和助理官员。[7] 旧：旧谊、旧交之省略。[8] 讲钧礼：行平等之礼，意即免除了尊贵上下之礼。钧，通"均"。[9] 是：此，这等。[10] 调和：此处是烹调的意思。[11] 移人：改变人的性情。[12] 炼珍：烹制精美的食品。宋陶毂《清异录》："段文昌精食事，第中庖所，榜之曰炼珍堂。"[13] 朝分尚食：于朝廷中分得皇帝赏赐的食品。尚食，指皇帝的食品。[14] 列鼎：古时王侯公卿列鼎而食。鼎是青铜铸成的炊器。《汉书·主父偃传》颜师古注引张晏曰："五鼎食，牛、羊、豕、鱼、麋也。诸侯五，卿大夫三。"后表示馔食丰美。[15] 止于芋：是说只是食芋时味觉有了改变。[16] 有夫妇守贫者：意即有一对贫苦的夫妇。这样构句，强调"守贫"二字，含褒意，以反衬下文。[17] 织纺井臼：谓自己操办衣食，勤苦度日。井臼，指汲水、舂米。[18] 芋视乃妇：意为像对芋一样地看待其妇。芋，此处用作状语，指文中相国食芋昔甘今厌的态度。[19] 得举：科举及第。[20] 谁氏子：指不知姓名的人，犹某家子。[21] 不饬：不守规矩，行为不轨。[22] 西塾：学塾。古时礼仪，主位在东，宾位在西。所以称塾师为西宾，称学塾为西塾。[23] 尹：这里指京尹，京城地方长官。[24] 刺史、守、令：指府、州、县三级地方长官。[25] 绾（wǎn碗）黄纡紫：形容官员们身系官印。绾，系。黄，指代金印。纡，结扎。紫，指代系印的紫色丝带。[26] 揽辔褰帷：形容官员们做出要匡世济民的架势。揽辔，语本《后汉书·范滂传》："滂揽辔登车，慨然有澄清天下之志。褰帷，语本《后汉书·贾琮传》："琮为冀州刺史。旧典，传车骖驾，垂赤帷裳，迎于州界。及琮之部，升车言曰：'刺史当远视广听，纠察美恶，何以反垂帷裳以自掩塞乎！'乃命御者褰（通'搴'）之。"这里用此四字，经下文之反拨，形成反讽。[27] 事变中起：宫廷中发生政治变故。[28] 衅孽外乘：外来的祸患乘机发生。[29] 迎款：迎降归顺。[30] 君宠：犹俗说皇恩。[31] 倾盖不意：意为意外地发生了交往。倾盖，原意是途中相遇，停车交谈。[32] 作缘：结缘。

论梁元帝读书

王夫之

江陵陷，元帝焚古今图书十四万卷。或问之，答曰："读书万卷，犹有今日，故焚之。"未有不恶其不悔不仁而归咎于读书者，曰："书何负于帝哉？"此非知读书者之言也。帝之自取灭亡，非读书之故，而抑未尝非读书之故也。取帝之所撰著而观之，搜索骈丽，攒集影迹，以夸博记者，非破万卷而不能。予其时也，君父悬命于逆贼，宗社垂丝于割裂；而晨览夕披，疲役于此，义不能振，机不能乘，则与六博投琼[1]、耽酒渔色也，又何以异哉？夫人心一有所倚，则圣贤之训典，足以锢志气于寻行数墨之中，得纤曲而忘大义，迷影迹而失微言，且为大惑之资也，况百家小道，取青妃白[2]之区区者乎？

呜呼！岂徒元帝之不仁，而读书止以导淫哉？宋末胡元之世，名为儒者，与闻格物之正训，而不念格之也将以何为。数《五经》《语》《孟》文字之多少而总记之，辨章句合离呼应之形声而比拟之，饱食终日，以役役于无益之较订，而发为文章，侈筋脉排偶以为工，于身心何与耶？于伦物[3]何与耶？于政教何与耶？自以为密而傲人之疏，自以为专而傲人之散，自以为勤而傲人之惰，若此者，非色取不疑之不仁[4]、好行小慧之不知[5]哉？其穷也，以教而锢人之子弟；其达也，以执而误人之国家；则亦与元帝之兵临城下而讲《老子》[6]，黄潜善之虏骑渡江而参圆悟者奚别哉[7]？抑与萧宝卷、陈叔宝之酣歌恒舞，白刃垂头而不觉者[8]，又奚别哉？故程子斥谢上蔡之玩物丧志[9]，有所玩者，未有不丧者也。梁元、隋炀、陈后主、宋徽宗皆读书者也[10]，宋末胡元之小儒亦读书者也，其迷均也。

或曰："读先圣先儒之书，非雕虫之比，固不失为君子也。"夫先圣先儒之书，岂浮屠氏之言，书写读诵而有功德者乎？读其书，察其迹，析其字句，遂自命为君子，无怪乎为良知之说者起而斥之也。乃为良知之说，迷于其所谓良知，以刻画而仿佛者，其害尤烈也。

夫读书将以何为哉？辨其大义，以立修己治人之体也；察其微言，以善精义入神之用也。乃善读者有得于心而正之以书者鲜矣，下此而如太子弘之读《春秋》[11]而不忍卒读者鲜矣，下此而如穆姜[12]之于《易》，能自反而知愧者鲜矣。不规其大，不研其精，不审其时，且有如汉儒之以《公羊》废大伦[13]，王莽之以讥二名待

匈奴[14]，王安石以国服赋青苗者，经且为蠹[15]，而史尤勿论已。读汉高[16]之诛韩、彭而乱萌消，则杀亲贤者益其忮毒；读光武之易太子而国本定，则丧元良者启其偏私[17]；读张良之辟谷以全身，则炉火彼家之术进[18]；读丙吉之杀人而不问[19]，则怠荒废事之陋成。无高明之量以持其大体，无斟酌之权以审于独知，则读书万卷，止以导迷，顾不如不学无术者之尚全其朴也。

故子曰："吾十有五而志于学[20]。"志定而学乃益，未闻无志而以学为志者也。以学而游移其志，异端邪说，流俗之传闻，淫曼之小慧，大以蚀其心思，而小以荒其日月，元帝所为至死而不悟者也。恶得不归咎于万卷之涉猎乎？儒者之徒，而效其卑陋，可勿警哉？

[注]　[1] 六博：古代博戏名。共十二棋，六黑六白，两人相博，每人六棋，故名。投琼：即掷骰子。[2] 取青妃(pèi 配)白：或云"妃青俪白"，比喻卖弄文字技巧。[3] 伦物：人伦物理。[4] 色取不疑之不仁：语本于《论语·颜渊》："色取仁而行违，居之不疑。"意为表面上似乎爱好仁德，实际行为却不如此，可是自己竟以仁人自居而不加疑惑。见杨伯峻《论语译注》。[5] 好行小慧：《论语·卫灵公》："群居终日，言不及义，好行小慧，难矣哉！"好行小慧，喜欢卖弄小聪明。不知：同"不智"。[6] 元帝之兵临城下而讲《老子》：《梁书·元帝纪》："（承圣三年）九月辛卯，世祖（即元帝）于龙光殿述《老子》义，尚书左仆射王褒为执经。乙巳，魏遣其柱国万纽于谨率大众来寇。冬十月丙寅，魏军至于襄阳，萧詧率众会之。丁卯停讲，内外戒严。"[7] "黄潜善"句：黄潜善，宋高宗南渡时宰相。房骑渡江而参圆悟，《宋史·黄潜善传》："郓、濮相继陷没，宿、泗屡警，右丞许景衡以扈卫单弱，请帝避其锋，潜善以为不足虑，率同列听浮屠克勤说法。"浮屠，佛教徒。克勤，北宋末南宋初僧人，高宗建炎元年住持金山寺，适高宗于十月至扬州，入对，赐号圆悟禅师，绍兴五年逝世。见《五灯会元》卷十九《昭觉克勤禅师》条。[8] "抑与"二句：萧宝卷，即南朝齐东昏侯，荒淫无度，梁兵围京城甚急，犹在含德殿吹笙歌作《女儿子》。是夜卧未熟，为部下所杀。陈叔宝，即陈后主。在位时盛修宫室，无时休止，君臣酣饮，从夕达旦，以此为常。宠幸贵妃张丽华。隋兵临江，犹奏伎纵酒，作诗不辍。后与贵妃逃于井中，被俘。[9] 程子斥谢上蔡之玩物丧志：程子，即程颢，字伯淳，学者称明道先生，北宋理学家。谢上蔡，名良佐，字显道，上蔡（今属河南）人，程门弟子，学者称上蔡先生。《宋元学案》卷十四《明道学案下》："《程氏遗书》曰：'良佐昔录五经语作一册，伯淳见之，谓曰"玩物丧志"。'"[10] "梁元"句：梁元，梁元帝萧绎，嗜读书，藏书十四万卷。隋炀，即隋炀帝杨广。《资治通鉴》卷一八二："帝

好读书著述。……初,西京嘉则殿有书三十七万卷,帝命秘书监柳顾言等铨次,除其复重猥杂,得正御本三万七千馀卷,纳于东都修文殿:又写五十副本,简为三品,分置西京、东都、宫省官府。其正书,皆装翦华净,宝轴锦补褾。于观文殿前为书室十四间……帝幸书室,户扉及厨扉皆自启。"陈后主:陈叔宝。魏徵称"后主每引宾客,对贵妃等游宴,则使诸贵人及女学士,与狎客共赋新诗,互相赠答,采其尤艳丽者以为曲词,被以新声"。宋徽宗,赵佶,不仅工书善画,而且知乐能词。[11]太子弘之读《春秋》:《新唐书·三宗诸子传》:"孝敬皇帝弘,显庆元年立为皇太子。受《春秋左氏》于率更令郭瑜,至楚世子商臣弑其君,喟而废卷曰:'圣人垂训,何书此耶?'瑜曰:'孔子作《春秋》,善恶必书,褒善以劝,贬恶以诫,故商臣之罪,虽千载犹不得灭。'弘曰:'然所不忍闻,愿读他书。'"弘为高宗子,武后所生,上元二年从幸合璧宫,遇鸩死,年二十四,谥为孝敬皇帝。[12]穆姜:春秋时鲁宣公夫人,鲁成公之母。穆姜和叔孙侨如私通,想驱逐鲁国执政季文子、孟献子而占其家财,又想废掉成公而立其庶弟。成公死,子襄公立,将其迁于东宫。曾命卜史占卦,得"艮"之"随",有出走之象,卜史劝其速出,可以免。但她认为"有四德者,'随'而无咎。我皆无之,岂'随'也哉?我则取恶,能无咎乎?必死于此,弗得出矣"。后遂死于东宫。见《左传·襄公九年》。[13]汉儒之以公羊废大伦:《后汉书·光武帝纪》:"(建武十七年)废皇后郭氏为中山太后,立贵人阴氏为皇后。(十八年)诏曰:'《春秋》之义,立子以贵。东海王阳,皇后之子,宜承大统。皇太子彊,崇执谦退,愿备藩国,父子之情,重久违之。其以彊为东海王,立阳为皇太子,改名庄。'"(刘)庄即是后来的汉明帝。所谓"《春秋》之义,立子以贵",说见于《公羊传》。《公羊传·隐公元年》:"立嫡以长不以贤,立子以贵不以长。桓(鲁桓公)何以贵?母贵也。母贵则子何以贵?子以母贵,母以子贵。"汉光武将原皇太子刘彊降为藩王,而立刘庄为皇太子,以其母贵为皇后之故,即依循《公羊传》中"立子以贵"之义。大伦,《孟子·滕文公上》:"教以人伦:父子有亲,君臣有义,夫妇有别,长幼有叙,朋友有信。"又《论语·微子》:"子路曰:'不仕无义。长幼之节,不可废也;君臣之义,如之何其废之?欲洁其身,而乱大伦。'"知"大伦"即是"人伦"。[14]王莽之以讥二名待匈奴:《汉书·匈奴传》:"莽奏令中国不得有二名(两个字的名),因使使者以讽单于,宜上书慕化为一名,汉必加厚赏。单于从之,上书言:'幸得备藩臣,窃乐太平圣制。臣故名曩知牙斯,今谨更名曰知。'莽大悦。"案《公羊传·定公六年》:"季孙斯、仲孙忌帅师围运(地名,同"郓")。此仲孙何忌也,曷为谓之仲孙忌?讥二名。二名,非礼也。"此为本文"讥二名"之所本。讥,谴责,非议。[15]"王安石以国服"二句:《周礼·地官司徒·泉府》:"凡民之贷者,与其有司辨而授之,以国服为之息,凡国之财用取具焉。"

岁终，则会其出入而纳其馀。"国服，原为一地区所出产品之意。王安石用此经文推行青苗法。《宋史·王安石传》："青苗法者，以常平籴本作青苗钱，散与人户，令出息二分，春散秋敛。"苏辙《再论青苗状》所云"熙宁之初，王安石、吕惠卿用事，首建青苗之法，其实放债取利，而妄引《周官·泉府》之言，以文饰其事"，即指此事。经且为蠹：言以上汉儒、王莽、王安石之妄用经义，犹如蠹鱼之蛀蚀经文。[16]汉高：汉高祖刘邦。韩：韩信。彭：彭越。[17]"读光武"二句：光武易太子而国本定，即汉光武帝废太子刘彊，另立刘庄为太子事，见注[13]。元良，《礼记·文王世子》："一有元良，万国以贞，世子之谓也。"后因以元良为太子之代称。[18]"读张良"二句：张良辟谷以全身事载《史记·留侯世家》："留侯曰：'愿弃人间事，欲从赤松子游耳。'乃学辟谷，道引轻身。"辟谷，不食五谷；及行道引之术，古人以为可以长生。炉火，指道家烧丹炼汞之术。彼家，儒家指佛、道为彼家。[19]丙吉之杀人而不问：《汉书·丙吉传》："吉又尝出，逢清道，群斗者死伤横道，吉过之不问。掾史独怪之。吉前行，逢人逐牛，牛喘吐舌。吉止驻，使骑吏问：'逐牛行几里矣？'掾史独谓丞相前后失问。或以讥吉，吉曰：'民斗相杀伤，长安令、京兆尹职所当禁备逐捕……宰相不亲小事，非所当于道路问也。方春少阳用事，未可大热，恐牛近行用暑故喘，此时气失节，恐有所伤害也。三公典调和阴阳，职当忧，是以问之。'掾史乃服，以吉知大体。"[20]吾十有五而志于学：语见《论语·为政》。

戴文进传

毛先舒

明画手以戴进为第一。进,字文进,钱唐[1]人也。

宣宗[2]喜绘事,御制天纵。一时待诏有谢廷循、倪端、石锐、李在[3],皆有名。进入京,众工妒之。一日,在仁智殿呈画,进进《秋江独钓图》,画人红袍垂钓水次。画惟红不易著,进独得古法之妙。宣宗阅之。廷循从旁跪曰:"进画极佳,但赤是朝廷品服,奈何著此钓鱼!"宣宗颔之,遂麾去馀幅不视。故进住京师,颇穷乏。

先是,进,锻工也,为人物花鸟,肖状精奇,直倍常工。进亦自得,以为人且宝贵传之。一日,于市见熔金者,观之,即进所造,怃然自失。归语人曰:"吾瘁吾心力为此,岂徒得糈?意将托此不朽吾名耳。今人烁吾所造,亡所爱,此技不足为也。将安托吾指而后可?"人曰:"子巧托诸金,金饰能为俗习玩爱及儿、妇人御耳。彼惟煌煌是耽,安知工苦?能徙智于缣素,斯必传矣。"进喜,遂学画,名高一时。

然进数奇,虽得待诏,亦辘轳,亡大遇。其画疏而能密,著笔淡远。其画人尤佳,其真亦罕遇云。予钦进,锻工耳,而命意不朽,卒成其名。

[注] [1]钱唐:今浙江杭州。[2]宣宗:明宣宗朱瞻基,年号宣德,1426—1435年在位。[3]待诏:为皇帝草拟文字及从事医、卜、画等技术人员之称。谢廷循:浙江永嘉人。倪端:字仲正。石锐:字以明。李在:字以政。

口技

林嗣环

京中有善口技者。会宾客大宴,于厅事[1]之东北角,施八尺屏幛,口技人坐屏幛中,一桌、一椅、一扇、一抚尺[2]而已。众宾团坐。少顷,但闻屏幛中抚尺一下,满座寂然,无敢哗者。

遥闻深巷中犬吠,便有妇人惊觉欠伸,其夫呓语[3]。既而儿醒,大啼。夫亦醒,令妇抚儿乳,儿含乳啼,妇拍而呜之。夫起溺[4],妇亦抱儿起溺。床上又一大儿醒,狺狺不止。当是时,妇手拍儿声,口中呜声,儿含乳啼声,大儿初醒声,床声,夫叱大儿声,溺瓶中声,溺桶中声,一齐凑发,众妙毕备。满座宾客,无不伸颈侧目,微笑默叹,以为妙绝也。

既而夫上床寝。妇又呼大儿溺,毕,都上床寝。小儿亦渐欲睡。夫齁声起,妇拍儿亦渐拍渐止。微闻有鼠作作索索,盆器倾侧,妇梦中咳嗽之声。宾客意少舒,稍稍正坐。

忽一人大呼:"火起!"夫起大呼,妇亦起大呼。两儿齐哭。俄而百千人大呼,百千儿哭,百千犬吠。中间力拉崩倒之声,火爆声,呼呼风声,百千齐作;又夹百千求救声,曳屋许许声,抢夺声,泼水声。凡所应有,无所不有。虽人有百手,手有百指,不能指其一端;人有百口,口有百舌,不能名其一处也。于是宾客无不变色离席,奋袖出臂,两股战战,几欲先走。

而忽然抚尺一下,众响毕绝。撤屏视之,一人、一桌、一椅、一扇,一抚尺而已。

[注] [1]厅事:私人住屋的堂屋。[2]抚尺:即"醒木",说书艺人表演时所用木块,用以拍案作声,引起听众注意。[3]呓语:说梦话。[4]溺(niào尿):同"尿"。

大铁椎传

魏禧

庚戌十一月，予自广陵[1]归，与陈子灿[2]同舟。子灿年二十八，好武事，予授以左氏兵谋兵法[3]，因问："数游南北，逢异人乎？"子灿为述大铁椎，作《大铁椎传》。

大铁椎，不知何许人，北平陈子灿省兄河南，与遇宋将军家。宋，怀庆[4]青华镇人，工技击[5]，七省好事者皆来学，人以其雄健，呼宋将军云。宋弟子高信之，亦怀庆人，多力善射，长子灿七岁，少同学，故尝与过[6]宋将军。

时座上有健啖客，貌甚寝[7]，右胁夹大铁椎，重四五十斤，饮食拱揖不暂去。柄铁折叠环复，如锁上练，引之长丈许。与人罕言语，语类楚声[8]。扣其乡及姓字，皆不答。

既同寝，夜半，客曰："吾去矣！"言讫不见。子灿见窗户皆闭，惊问信之。信之曰："客初至，不冠不袜，以蓝手巾裹头，足缠白布，大铁椎外，一物无所持，而腰多白金。吾与将军俱不敢问也。"子灿寐而醒，客则鼾睡炕上矣。

一日，辞宋将军曰："吾始闻汝名，以为豪，然皆不足用。吾去矣！"将军强留之，乃曰："吾数击杀响马贼[9]，夺其物，故仇我。久居，祸且及汝。今夜半，方期我决斗某所。"宋将军欣然曰："吾骑马挟矢以助战。"客曰："止！贼能且众，吾欲护汝，则不快吾意[10]。"宋将军故自负，且欲观客所为，力请客。客不得已，与偕行。将至斗处，送将军登空堡上，曰："但观之，慎弗声，令贼知也。"

时鸡鸣月落，星光照旷野，百步见人。客驰下，吹觱篥[11]数声。顷之，贼二十馀骑四面集，步行负弓矢从者百许人。一贼提刀突奔客，客大呼挥椎，贼应声落马，马首裂。众贼环而进，客奋椎左右击，人马仆地，杀三十许人。宋将军屏息观之，股栗[12]欲堕。忽闻客大呼曰："吾去矣。"尘滚滚东向驰去。后遂不复至。

魏禧论曰：子房得力士，椎秦皇帝博浪沙中[13]，大铁椎其人与[14]？天生异人，必有所用之。予读陈同甫《中兴遗传》[15]，豪俊侠烈魁奇之士，泯泯然不见功名于世者又何多也？岂天之生才不必为人用与？抑用之自有时与？子灿遇大铁椎为壬寅岁，视其貌当年三十，然则大铁椎今四十耳。

子灿又尝见其写市物帖子，甚工楷书也。

[注] [1]广陵：今江苏省扬州市。[2]陈子灿：事迹不详。[3]左氏兵谋兵法：指《左传》。《左传》中有很多论及军事谋略和战争的文字。[4]怀庆：怀庆府，治所在今河南沁阳县。[5]技击：原指战国时经过技巧训练的步兵，后泛指搏击对打的武艺。[6]与过：一同拜访。[7]寝：丑陋。[8]楚声：湖北、湖南一带地区的口音。[9]响马贼：旧时对群聚劫掠者的称呼。[10]不快吾意：意为不能随我心意地打击对方。[11]觱篥(bì lì必栗)：即笳管，一种号角类乐器。出自龟兹，后传入内地。[12]股栗：两腿抖颤。[13]"子房"二句：张良字子房，汉初政治家。先世为韩国贵族，秦灭韩后，他设法谋害秦王。后得力士，以铁椎狙击秦始皇于博浪沙(今河南阳武东南)。见《汉书·张良传》。[14]与：通"欤"，表疑问的语气词。[15]陈同甫：陈亮，字同甫，南宋爱国词人，有《龙川集》《中兴遗传》等。其《中兴遗传序》提出要为南宋初年以来的抗金志士立传，"将旁求广集，以备史氏之缺遗"。书凡二十卷，分大臣、大将、死节、死事、能臣、能将、直士、侠士、辩士、义勇、群盗、贼臣二十门。

江天一传

汪琬

江天一,字文石,徽州歙县[1]人。少丧父,事其母及抚弟天表,具有至性。尝语人曰:"士不立品者,必无文章。"前明崇祯间,县令傅岩[2]奇其才,每试辄拔置第一。年三十六,始得补诸生。家贫屋败,躬畚土筑垣以居。覆瓦不完,盛暑则暴[3]酷日中。雨至,淋漓蛇伏,或张敝盖自蔽。家人且怨且叹,而天一挟书吟诵自若也。

天一虽以文士知名,而深沉多智,尤为同郡金金事公声[4]所知。当是时,徽人多盗,天一方佐金事公,用军法团结乡人子弟,为守御计。而会张献忠[5]破武昌,总兵官左良玉[6]东遁,麾下狼兵[7]哗于途,所过焚掠。将抵徽,徽人震恐,金事公谋往拒之,以委天一。天一腰刀靺首[8],黑夜跨马,率壮士驰数十里,与狼兵鏖战祁门,斩馘[9]大半,悉夺其马牛器械,徽赖以安。

顺治二年,夏五月,江南大乱,州县望风内附,而徽人犹为明拒守。六月,唐藩自立于福州[10],闻天一名,授监纪推官。先是,天一言于金事公曰:"徽为形胜之地,诸县皆有阻隘可恃,而绩溪一面当孔道[11],其地独平迤,是宜筑关于此,多用兵据之,以与他县相掎角[12]。"遂筑丛山关。已而清师攻绩溪,天一日夜援兵登陴不少怠;间出逆战,所杀伤略相当。于是清师以少骑缀天一于绩溪。而别从新岭[13]入。守岭者先溃,城遂陷。

大帅购天一甚急。天一知事不可为,遽归,属[14]其母于天表,出门大呼:"我江天一也。"遂被执。有知天一者,欲释之。天一曰:"若以我畏死邪?我不死,祸且族[15]矣。"遇金事公于营门,公目之曰:"文石!汝有老母在,不可死。"笑谢曰:"焉有与人共事而逃其难者乎!公幸勿为我母虑也。"至江宁[16],总督者[17]欲不问,天一昂首曰:"我为若计,若不如杀我。我不死,必复起兵。"遂牵诣通济门。既至,大呼高皇帝[18]者三,南向[19]再拜讫,坐而受刑。观者无不叹息泣下。越数日,天表往收其尸,瘗之。而金事公亦于是日死矣。

当狼兵之被杀也,凤阳督马士英[20]怒,疏劾徽人杀官军状,将致金事公于死。天一为赞辨疏[21],诣阙上之。复作《吁天说》,流涕诉诸贵人,其事始得白。自兵兴以来,先后治乡兵三年,皆在金事公幕。是时幕中诸侠客号知兵者以百数,而公独推重天一,凡内外机事悉取决焉。其后竟与公同死,虽古义烈之士无以尚也。

予得其始末于翁君汉津[22],遂为之传。

汪琬曰:方胜国[23]之末,新安士大夫死忠者有汪公伟、凌公骃[24]与佥事公三人,而天一独以诸生殉国。予闻天一游淮安,淮安民妇冯氏者刲[25]肝活其姑,天一征诸名士作诗文表章之,欲疏于朝,不果。盖其人好奇尚气类如此。天一本名景,别自号石嫁樵夫,翁君汉津云。

[注] [1]歙(shè 设)县:今属安徽,清属徽州府。[2]傅岩:字野清,义乌(今属浙江)人,崇祯进士。《南疆逸史·江天一传》:天一"年三十六,见知邑令傅公,始得补郡弟子员,令故重天一"。[3]暴(pù):"曝"本字,晒。[4]佥佥事公声:金声字正希,明末休宁(今属安徽)人,崇祯进士,选庶吉士,后授御史、山东佥事,皆未就。南明福王授左佥都御史。南京被清军攻破后,在家乡组织义军抗清。后兵败被俘,不屈死。休宁与江天一的家乡歙县同属徽州府,故称"同郡"。[5]张献忠:明末农民义军领袖。字秉吾,号敬轩,延安府柳树涧人。崇祯三年(1630)在陕西米脂县起义,十三年进军四川,十六年攻克武昌。[6]左良玉:字昆山,山东临清人。因与清军作战有功,被提升为副将。后在河南、陕西等地镇压农民起义,提升为总兵官,封宁南伯。南明福王政权晋封为宁南侯,驻军武昌。[7]狼兵:明代以广西狼人组成的军队。狼人即俍人,明清时指分布于广西一带的壮族。但《南疆逸史·金声传》《明史·金声传》均称"凤阳督马士英调黔兵(狼兵)剿寇,过徽州大掠",为金声歼击。未及左良玉事。[8]帓(mò 末)首:以头巾包头。帓,头巾。[9]斩馘(guó 国):斩首。馘,割下左耳。[10]"唐藩自立"句:指明藩王唐王朱聿键在福州称帝事。朱聿键,明太祖八世孙唐端王之孙,顺治二年六月,在福州称帝,年号隆武。[11]孔道:通道、要道。[12]掎(jǐ 鸡)角:也作"犄角"。语出《左传》,指分兵牵制或夹击对方。[13]新岭:在安徽休宁县南七十里。明御史黄澍降清,导清军破新岭,攻入绩溪。[14]属(zhǔ 主):同"嘱",委托。[15]族:灭族。《书·泰誓》:"罪人以族。"孔安国疏:"一人有罪,刑及父母兄弟妻子。"[16]江宁:今江苏南京。[17]总督者:指洪承畴。洪原为明三边总督、兵部尚书,后降清,坐镇江宁,总督军务,镇压抗清力量。[18]高皇帝:指明太祖朱元璋。[19]南向:面向南。面向南拜,表示不归顺在北方的清朝。[20]凤阳督马士英:马士英字瑶草,贵阳(今贵州贵阳市)人,万历进士。崇祯末年任安徽省凤阳总督。[21]赍(jī 机):送,呈递。辨疏:申辩冤苦的奏章。[22]翁君汉津:其人未详。[23]胜国:前朝,指明代。语出《周礼·地官·媒氏》:"凡男女之阴讼,听之于胜国之社。"郑玄注:"胜国,亡国也。"前朝为今朝所胜,故称前亡之朝代为"胜国"。

[24]新安：新安郡，即徽州府。汪公伟：汪伟，字叔度，休宁人，崇祯进士，擢检讨，后任东宫讲官。李自成攻北京，自缢死。凌公駉(jiōng 扃)：凌駉字龙翰，歙县人，崇祯进士，福王时授监察御史，巡按河南，守归德。清兵渡黄河南下，城破自缢死。[25]刲(kuī 亏)：割。

传是楼记

汪琬

　　昆山徐健庵[1]先生筑楼于所居之后，凡七楹。间命工斲木为橱，贮书若干万卷，区为经史子集四种。经则传注义疏之书附焉；史则目录、家乘、山经、野史之书附焉；子则附以卜筮、医药之书；集则附以乐府、诗馀之书。凡为橱者七十有二，部居类汇，各以其次，素标缃帙[2]，启钥灿然。于是先生召诸子登斯楼而诏之曰："吾何以传女曹[3]哉？吾徐先世故以清白起家，吾耳目濡染旧矣。盖尝慨夫为人之父祖者，每欲传其土田货财，而子孙未必能世富也；欲传其金玉珍玩、鼎彝尊罍之物，而又未必能世宝也；欲传其园池台榭、舞歌舆马之具，而又未必能世享其娱乐也。吾方以此为鉴，然则吾何以传女曹哉？"因指书而欣然笑曰："所传者惟是矣。"遂名其楼为"传是"，而问记于琬。琬衰病不及为，则先生屡书督之，最后复于先生曰：

　　甚矣，书之多厄也。由汉氏以来，人主往往重官赏以购之，其下名公贵卿，又往往厚金帛以易之，或亲操翰墨，及分命笔吏以缮录之，然且裒聚未几而辄至于散佚，以是知藏书之难也。琬顾谓藏之之难不若守之之难，守之之难不若读之之难，尤不若躬体而心得之之难。是故藏而弗守，犹勿藏也；守而弗读，犹勿守也。夫既已读之矣，而或口与躬违，心与迹忤，采其华而忘其实，是则呻占记诵之学所为哗众而窃名者也，与弗读奚以异哉！

　　古之善读书者，始乎博，终乎约。博之而非夸多斗靡也，约之而非保残安陋也。善读书者，根柢于性命而究极于事功[4]。沿流以溯源，无不探也；明体以适用，无不达也。尊所闻，行所知，非善读书者而能如是乎？

　　今健庵先生既出其所得于书者，上为天子所器重，次为中朝士大夫之所矜式，藉是以润色大业，对扬休命[5]有馀矣。而又推之以训敕其子姓，俾后先跻巍科，取朊仕[6]，翕然有名于当世。琬然后喟焉太息，以为读书之益弘矣哉！循是道也，虽传诸子孙世世，何不可之有？若琬则无以与于此矣。居平质驽才下，患于有书而不能读；延及暮年，则又跧伏[7]穷山僻壤之中，耳目固陋，旧学消亡，盖本不足以记斯楼。不得已勉承先生之命，姑为一言复之。先生亦恕其老悖否耶？

[注] [1]徐健庵：名乾学，字原一，号健庵，昆山(今属江苏)人，顾炎武甥。康熙九年进士，官至刑部尚书。曾充《明史》总裁官，兼总纂《大清一统志》《清会典》。藏书甚多，有《传是楼书目》。[2]素标缃帙：白色的标签，浅黄的函套。[3]女曹：汝等。女，即"汝"。[4]性命：中国古代哲学概念。《易·乾》："乾道变化，各正性命，保合太和，乃利贞。"意为大自然的运行变化(迎来冬天)，万物各自静定精神，保全太和元气，以利于守持正固(等待来年生长)。——用黄寿祺、张善文《周易译注》译文。"性命"，尚秉和《周易尚氏学》释为"精神"。事功：事业和功绩。[5]对扬休命：对扬，对答颂扬。休命，美善的命令。《尚书·说命下》："敢对扬天子之休命。"[6]肬(wǔ 五)仕：高官厚禄。《诗·小雅·节南山》："琐琐姻亚，则无肬仕。"毛传："肬，厚也。"[7]踡(quán 全)伏：蜷伏，此指隐居。

核工记

宋起凤

季弟获桃坠一枚，长五分许，横广四分。全核向背皆山。山坳插一城，雉历历可数。城巅具层楼，楼门洞敞，中有人，类司更卒，执桴鼓，若寒冻不胜者。枕山麓一寺，老松隐蔽三章。松下凿双户，可开阖。户内一僧，侧首倾听。户虚掩，如应门；洞开，如延纳状，左右度之无不宜。松下东来一衲，负卷帙踉跄行，若为佛事夜归者。对林一小陀，似闻足音仆仆前。核侧出浮屠[1]七级，距滩半黍。近滩维一小舟，蓬窗短舷间，有客凭几假寐，形若渐寤然。舟尾一小童，拥炉嘘火，盖供客茗饮也。舣舟处当寺阴，高阜钟阁踞焉，叩钟者貌爽爽自得，睡足徐兴乃尔。山顶月晦半规，杂疏星数点。下则波纹涨起，作潮来候。取诗"姑苏城外寒山寺，夜半钟声到客船"之句。

计人凡七：僧四，客一，童一，卒一。宫室器具凡九：城一，楼一，招提[2]一，浮屠一，舟一，阁一，炉灶一，钟鼓各一。景凡七：山，水，林木，滩石四，星，月，灯火三。而人事如传更，报晓，候门，夜归，隐几，煎茶，统为六，各殊致殊意，且并其愁苦、寒惧、疑思诸态，俱一一肖之。

语云："纳须弥于芥子[3]。"殆谓是欤！

[注] [1]浮屠：塔。[2]招提：寺院的别称。[3]纳须弥于芥子：须弥，佛教中传说的山名。芥子，芥的种子，比喻极微小。佛家语有"芥子纳须弥"，比喻诸相皆非真，巨细可以相容。《维摩经·不思议品》："若菩萨住是解脱者，以须弥之高广，内芥子中，无所增减，须弥山王本相如故。"

市声说

沙张白

　　鸟之声聚于林，兽之声聚于山，人之声聚于市。是声也，盖无在无之。而当其所聚，则尤为庞杂沸腾，令听者难为聪焉。今人入山林者，闻鸟兽之声，以为是天籁适然，鸣其自乐之致而已。由市声推之，乌知彼羽毛之族，非多求多冀，哓哓焉炫其所有，急其所无，以求济夫旦夕之欲者乎？

　　京师土燥水涩，其声噌以吰[1]。鬻百货于市者，类为曼声高呼，夸所挟以求售。肩任担负，络绎孔道，至于穷墟僻巷，无所不到。传呼之声相闻，盖不知几千万人也！祁寒暑雨，莫不自晨迄暮，不肯少休，抗喉而疾呼，以求济其旦夕之欲耳！

　　苟谓鸟之呼于林，兽之呼于山者，皆怡然自得，一无所求，而人者独否，是天之恩勤[2]群类，予以自然之乐者，反丰于物而靳于人，此亦理之不可信者也。然使此千百万人者，厌其勤苦，且自悔不鸟兽若，尽弃其业而他业焉，将京师之大，阒然寂然，不特若曹无以赡其生，生民之所需，畴为给之？此又势之必不可者矣。顾使其中有数人焉，耻其所为，而从吾所好，则为圣贤，为仙佛，为贵人，为高士，何不可者。吾惜其自少至老，日夕为抗喉疾呼，而皇皇于道路以死也。甚矣，市声之可哀也。

　　虽然，市者，声之所聚；京师者，又市之所聚也。揽权者市权，挟势者市势，以至市文章，市技艺，市恩，市谄，市诈，市面首[3]，市颦笑：无非市者。炫其所有，急其所无，汲汲然求济其旦夕之欲，虽不若市声之哓哓然，而无声之声，震于钟鼓矣。甚且暮夜之乞怜无声，中庭之相泣有声，反不若抗声疾呼者之为其事而不讳其名也。君子之所哀，岂仅在市声也哉！

　　嗟乎！有凤凰焉，而后可以和百鸟之声；有麒麟焉，而后可以谐百兽之声；有圣人焉，而后能使天下之人之声皆得其中，终和且平，而无噍杀嚣陵之患。四灵[4]不至，君子之所为致慨也。若曰厌苦人声，而欲逃之山林，以听夫无所求而自然之鸣焉，是鸟兽同群，而薄斯人之吾与也。

[注] [1]噌以吰（噌吰，chēng hóng 撑洪）：象声词，喻音量宏大，如钟声。[2]恩勤：《诗·

豳风·鸱鸮》:"恩斯勤斯,鬻子之闵斯。"以"恩勤"称父母抚育子女的恩情和辛劳。此作"厚爱"解。[3] 面首:男宠,男妾,男妓。明清二代均有"好男风"陋习,不只女的蓄面首。此处与下面"市颦笑"相对则可不引申。市颦笑指女性出卖色笑。[4] 四灵:古以龙、凤、龟、麟称"四灵"。四灵出,兆示吉祥清明之世。

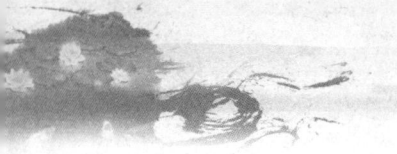

《奇零草》序

姜宸英

予得此于定海[1]，命谢子大周钞别本以归。凡五、七言近体若干首，今久失之矣。聊忆其大概，为之序以藏之。

呜呼！天地晦冥，风霾昼塞，山河失序，而沉星殒气于穷荒绝岛之间，犹能时出其光焰，以为有目者之悲喜而幸睹。虽其掩抑于一时，然要以俟之百世，虽欲使之终晦焉，不可得也。

客为予言：公在行间，无日不读书，所遗集近十余种，为逻卒取去，或有流落人间者。此集是其甲辰以后，将解散部伍，归隐于落迦山[2]所作也。公自督师，未尝受强藩[3]节制，及九江遁还[4]，渐有掣肘[5]，始邑邑不乐。而其归隐于海南[6]也，自制一椑置寺中，实粮其中，俟粮且尽死。门有两猿守之，有警，猿必跳踯哀鸣。而间之至也，从后门入。既被羁会城[7]，远近人士，下及市井屠贩卖饼之儿，无不持纸素至羁所争求翰墨。守卒利其金钱，喜为请乞。公随手挥洒应之，皆《正气歌》也，读之鲜不泣下者。独士大夫家或颇畏藏其书，以为不祥。不知君臣父子之性，根于人心而征于事业、发于文章，虽历变患，逾不可磨灭。

历观前代，沈约撰《宋书》，疑立《袁粲传》[8]，齐武帝曰："粲自是宋忠臣，何为不可？"欧阳修不为周韩通[9]立传，君子讥之。元听湖南为宋忠臣李芾[10]建祠，明长陵不罪藏方孝孺[11]书者，此帝王盛德事。为人臣子处无讳之朝，宜思引君当道[12]。臣各为其主，凡一切胜国[13]语言，不足避忌。予欲稍掇拾公遗事，成传略一卷，以备惇史[14]之求，犹惧蒐访未遍，将日就放失也。悲夫！

[注] [1]定海：浙江舟山岛上定海县。[2]落迦山：即普陀山。此段"客"语中"甲辰"（康熙三年，1664）系前二年壬寅之误。张煌言《奇零草序》末称："是帙零落凋亡，已非全豹，譬犹兵家握奇之馀，亦云余行间之作也。时在永历十六年，岁在壬寅端阳后五日，张煌言自识。"永历十六年为清康熙元年。甲辰是张煌言就义之年。[3]强藩：指郑成功。南明永历帝曾封郑成功为延平郡王。[4]九江遁还：清顺治十六年(1659)，郑成功自金门率兵北伐，张煌言为前锋，从长江口溯江而上，围攻南京。张别率一军至芜湖，乘胜攻下四府、三州、二十四县。但因郑成功在南京战败，撤军入海，张煌言后路被截断，部队溃散，经

化装潜行始抵舟山。[5] 渐有掣肘：指张煌言曾劝郑成功暂缓收复台湾，先行恢复中原的意见未被采纳。[6] 归隐于海南：康熙三年，张煌言见大势已去，遂解散余部，隐居浙江象山县南的南田悬岙岛。[7] 会城：省会。此指杭州。[8] 疑立《袁粲传》：《南齐书·王智深传》："世祖(齐武帝萧赜)使太子家令沈约撰《宋书》，拟立袁粲传，以审世祖。世祖曰：'袁粲自是宋家忠臣。'"按《宋书·袁粲传》谓"粲谋克日矫太后令，使(刘)韫、(卜)伯兴率宿卫兵攻齐王(齐高帝萧道成)"，事泄被杀。[9] 韩通：后周恭帝时为侍卫亲军马步军副都指挥使，宋太祖赵匡胤代周自立，韩通率军抵抗，被杀。[10] 李芾：南宋知潭州(今湖南长沙)、湖南安抚使。德祐元年(1275)元兵攻破潭州时牺牲。[11] 长陵：明成祖(永乐帝)死后葬长陵。此处即以长陵代称明成祖。方孝孺：明建文帝时侍讲学士，后改文学博士。燕王(即成祖)兵入南京，他不肯为燕王起草登极诏书，慷慨就义，被灭十族。[12] 处无讳之朝：处在不必讲忌讳的朝代。引君当道：引导君主走正道。[13] 胜国：已灭亡的前一朝代。前朝为今朝所胜，故称之为胜国。[14] 惇史：《礼记·内则》："凡养老……有善则记之为惇史。"孔颖达疏："言老人有善德行则记录之，使众人法则，为惇厚之史。"惇(dūn 敦)，敦厚、笃实之义。惇史犹言信史。

游姑苏台记

宋荦

予再莅吴将四载[1]，欲访姑苏台未果。丙子五月廿四日，雨后，自胥江[2]泛小舟出日晖桥，观农夫插莳，妇子满田塍，泥滓被体，桔槔与歌声相答，其劳苦殊甚。

迤逦过横塘[3]，群峰翠色欲滴。未至木渎[4]二里许，由别港过两小桥，遂抵台下。山高尚不敌虎丘[5]，望之仅一荒阜耳。舍舟乘竹舆，缘山麓而东，稍见村落，竹树森蔚，稻畦相错如绣。山腰小赤壁，水石颇幽，仿佛虎丘剑池。夹道稚松丛棘，蘑葡[6]点缀其间如残雪，香气扑鼻。时正午，赤日炎歊[7]，从者皆喘汗。予兴愈豪，褰衣贾勇如猿猱腾踏而上。陟其巅，黄沙平衍，南北十馀丈，阔数丈，相传即胥台[8]故址也，颇讶不逮所闻。吾友汪钝翁《记》[9]称："方石中穿，传为吴王用以竿旌者"。又"矮松寿藤，类一二百年物"。今皆无有。独见震泽[10]掀天陷日，七十二峰出没于晴云潋滟[11]中。环望穹窿、灵岩、高峰、尧峰[12]诸山，一一献奇于台之左右。而霸业销沉，美人黄土，欲问夫差之遗迹，而山中人无能言之者，不禁三叹。

从山北下，抵留云庵。庵小，有泉石，僧贫而无世法[13]，酌泉烹茗以进。山中方采杨梅，买得一筐，众皆饱啖，仍携其馀返舟中。时已薄暮，饭罢，乘风容与而归。

侍行者，幼子筠[14]、孙韦金、外孙侯晸。六日前，子至[15]方应试北上，不得与同游。赋诗纪事，怅然者久之。

[注] [1]再莅吴将四载：宋荦于康熙二十六年(1687)曾任江苏布政使，三十一年六月由江西巡抚调任江苏巡抚，任职地点皆在苏州，故云"再莅吴"。至作此文时的三十五年五月，将近四年。 [2]胥江：苏州胥门外的一条河。 [3]横塘：《姑苏志》卷一八《乡都》："吴县……镇五。……横塘，去县西南十三里有横塘桥，风景特胜。"[4]木渎：镇名，在江苏吴县西南。[5]虎丘：山名，在江苏吴县西北七里。上有虎丘塔、剑池、千人石、真娘墓等古迹。[6]蘑(zhān詹)葡：栀子花。 [7]炎歊(xiāo消)：热气。 [8]胥台：即姑苏台，在姑苏山上。相传为吴王阖闾或夫差所筑。 [9]汪钝翁：汪琬。《记》：指《游姑苏台记》，其中云："台

址颇平衍，有方石中穿，俗谓吴王用以竿旌者。其旁石壁直下数十尺，矮松寿藤相盘络，类一二百年物。壁上流泉数处，汇为池，其泉清泓可鉴。池畔皆石坡，土人呼为'小赤壁'。"
[10] 震泽：即太湖。 [11] 七十二峰：太湖中有七十二座山峰。渺淼：(xiǎo miǎo 笑秒)：形容湖水深远广阔。[12] 穹窿：山名，在苏州西南。灵岩：山名，在吴县木渎镇西北。吴王夫差作馆娃宫于此，以安置西施，今灵岩寺即其故址。另有响屧廊、吴王井、西施洞、琴台等古迹。高峰、尧峰：均为苏州西南郊太湖畔山峰名。 [13] 世法：世俗的礼法。无世法即不能依世俗礼法予以盛大的招待。[14] 幼子筠：宋筠，字兰挥，康熙进士，著有《绿波园诗集》。[15] 子至：儿子宋至，字山言，康熙进士，官编修，著有《纬萧草堂诗》。他这一年往北京应顺天府乡试，只中副榜。

阎典史传

邵长蘅

阎典史[1]者，名应元，字丽亨，其先浙江绍兴人也，四世祖某，为锦衣校尉[2]，始家北直隶之通州[3]，为通州人。应元起掾史[4]，官京仓大使[5]。崇祯十四年，迁江阴[6]县典史。始至，有江盗百艘，张帜乘潮阑入内地，将薄城，而会县令摄篆旁邑[7]，丞、簿选愞怖急[8]，男女奔窜。应元带刀鞬出，跃马大呼于市曰："好男子，从我杀贼护家室！"一时从者千人。然苦无械，应元又驰竹行呼曰："事急矣，人假一竿，值取诸我！"千人者，布列江岸，矛若林立，士若堵墙。应元往来驰射，发一矢辄殪一贼。贼连毙者三，气慑，扬帆去。巡抚[9]状闻，以钦依都司掌徼巡县尉[10]，得张黄盖，拥纛，前驱清道而后行。非故事[11]，邑人以为荣。久之，仅循资迁广东英德县主簿，而陈明选代为尉。应元以母病未行，亦会国变[12]，挈家侨居邑东之砂山[13]。是岁乙酉[14]五月也。

当是时，本朝定鼎改元二年矣。豫王[15]大军渡江，金陵[16]降，君臣出走。弘光帝[17]寻被执。分遣贝勒[18]及他将，略定东南郡县。守土吏或降或走，或闭门旅拒[19]，攻之辄拔。速者功在漏刻，迟不过旬日，自京口[20]以南，一月间下名城大县以百数。而江阴以弹丸下邑，死守八十馀日而后下，盖应元之谋计居多。

初，薙发令[21]下，诸生[22]许用德者，以闰六月朔悬明太祖御容于明伦堂[23]，率众拜且哭，士民蛾聚[24]者万人，欲奉新尉陈明选主城守。明选曰："吾智勇不如阎君，此大事，须阎君来。"乃夜驰骑往迎应元。应元投袂[25]起，率家丁四十人夜驰入城。是时城中兵不满千，户裁及万，又饷无所出。应元至，则料尺籍[26]，治楼橹[27]，令户出一男子乘城，馀丁传餐[28]。已乃发前兵备道[29]曾化龙所制火药火器贮谍楼，已乃劝输巨室，令曰："输不必金，出粟、菽、帛、布及他物者听。"国子上舍[30]程璧首捐二万五千金，捐者麇集。于是围城中有火药三百罂，铅丸、铁子千石，大炮百，鸟机千张，钱千万缗，粟、麦、豆万石，他酒、酤、盐、铁、刍、藁称是。已乃分城而守：武举黄略守东门，把总[31]某守南门，陈明选守西门，应元自守北门，仍徼巡四门。部署甫定，而外围合。

时大军薄城下者已十万，列营百数，四面围数十重，引弓仰射，颇伤城上人。而城上礧炮、机弩，乘高下，大军杀伤甚众。乃架大炮击城，城垣裂。应元命用

铁叶裹门板，贯铁絙护之，取空棺实以土，障隙处。又攻北城，北城穿。下令："人运一大石块，于城内更筑坚垒。"一夜成。会城中矢少，应元乘月黑，束藁为人，人竿一灯，立陴睨[32]间，匝城，兵士伏垣内，击鼓叫噪，若将缒城斫营者。大军惊，矢发如雨，比晓，获矢无算。又遣壮士夜缒城入营，顺风纵火，军乱，自蹂践相杀死者数千。

大军却，离城三里止营。帅刘良佐拥骑至城下，呼曰："吾与阎君雅故，为我语阎君，欲相见。"应元立城上与语。刘良佐者，故弘光四镇[33]之一，封广昌伯，降本朝总兵者也。遥语应元："弘光已走，江南无主，君早降，可保富贵。"应元曰："某明朝一典史耳，尚知大义，将军胙土分茅[34]，为国重镇，不能保障江淮，乃为敌前驱，何面目见吾邑义士民乎？"良佐惭退。

应元伟躯干，面苍黑，微髭。性严毅，号令明肃，犯法者，鞭笞贯耳[35]，不稍贳。然轻财，赏赐无所吝。伤者手为裹创，死者厚棺殓，酹酸[36]而哭之。与壮士语，必称好兄弟，不呼名。陈明选宽厚呕煦[37]，每巡城，拊循[38]其士卒，相劳苦，或至流涕。故两人皆能得士心，乐为之死。

先是，贝勒统军略地苏、松[39]者，既连破大郡，济师来攻。面缚两降将，跪城下说降，涕泗交颐。应元骂曰："败军之将，被禽不速死，奚喋喋为！"又遣人谕令："斩四门首事各一人，即撤围。"应元厉声曰："宁斩吾头，奈何杀百姓！"叱之去。会中秋，给军民赏月钱，分曹携具，登城痛饮，而许用德制乐府《五更转曲》，令善讴者曼声歌之。歌声与刁斗、笳吹声相应，竟三夜罢。

贝勒既觇知城中无降意，攻愈急。梯冲[40]死士，铠胄皆镔铁，刀斧及之，声铿然，锋口为缺。炮声彻昼夜，百里内，地为之震。城中死伤日积，巷哭声相闻。应元慷慨登陴，意气自若。旦日，大雨如注，至日中，有红光一缕起土桥，直射城西。城俄陷，大军从烟焰雾雨中蜂拥而上。应元率死士百人，驰突巷战者八，所当杀伤以千数。再夺门，门闭不得出，应元度不免，踊身投前湖，水不没顶，而刘良佐令军中，必欲生致应元，遂被缚。良佐箕踞乾明佛殿，见应元至，跃起持之哭，应元笑曰："何哭？事至此，有一死耳！"见贝勒，挺立不屈。一卒持枪刺应元贯胫，胫折踣地。日暮，拥至栖霞神院，院僧夜闻大呼"速斫我"不绝口。俄而寂然，应元死。

凡攻守八十一日，大军围城者二十四万，死者六万七千，巷战死者又七千，凡损卒七万五千有奇。城中死者，无虑五六万，尸骸枕藉，街巷皆满，然竟无一

人降者。

城破时，陈明选下骑搏战，至兵备道前被杀，身负重创，手握刀，僵立倚壁上不仆。或曰阖门投火死。

论曰：《尚书·序》[41]曰："成周既成，迁殷顽民[42]。"而后之论者，谓于周则顽民，殷则义士。夫跖犬吠尧[43]，邻女詈人[44]，彼固各为其主。予童时，则闻人啧啧谈阎典史事，未能记忆也。后五十年，从友人家见黄晞所为死守孤城状，乃摭其事而传之。微夫应元，固明朝一典史也，顾其树立，乃卓卓如是！呜呼！可感也哉！

[注] [1]典史：官名，知县的属官，掌管缉捕、监狱。如无县丞、主簿，则典史兼领其职。[2]锦衣校尉：明代掌管侍卫、缉捕、刑狱的官署锦衣卫的下属军吏。[3]北直隶之通州：即今北京通县。[4]掾(yuàn 院)史：古代地方官长手下的属吏。[5]京仓大使：明代户部掌管京城所设仓场的官员。[6]江阴：今属江苏。[7]摄篆旁邑：到他县代理县令职务。[8]丞、簿：县丞、主簿，均为知县的属官。逡愞(xùn ruǎn 训软)怖急：怯懦恐惧。[9]巡抚：官名，总揽一省的军民政务。[10]以钦依都司掌徼(jiào 叫)巡县尉：以皇帝的命令加阎典史都司职衔，掌管全县巡察缉捕的县尉职务。[11]非故事：没有先例。[12]国变：指明朝灭亡。[13]砂山：在江阴县城东南约三十里。[14]乙酉：南明弘光元年，清顺治二年(1645)。[15]豫王：即和硕豫亲王，名多铎，于顺治二年五月率清军渡过长江。[16]金陵：指南京弘光政权。[17]弘光帝：南明福王朱由崧。[18]贝勒：清封爵名，位在郡王下、贝子上，此处系指平南大将军勒克德浑。[19]旅拒：聚众抗拒。[20]京口：今江苏省镇江市。[21]薙(tì剃)发令：薙，通"剃"。顺治二年，清兵攻入南京，强迫汉族男子剃发留辫，改为满族装束，违者处死。[22]诸生：入学取得生员资格的人，俗称秀才。[23]明伦堂：县学的正殿。[24]蛾(yǐ蚁)聚：蛾，同"蚁"，像蚁聚在一处，言其人数之多。[25]投袂(mèi妹)：甩动衣袖的奋发之状。[26]料尺籍：整理军中的文书簿籍。[27]治楼橹修整守城的器具。[28]传飨：传送食物。[29]兵备道：官名，明代于各省重要地方设整饬兵备的道员。[30]国子上舍：即明代国子监的监生。上舍指班级较高的士子，借用宋代旧称。[31]把总：武官名，在千总之下。[32]陴倪(pí ní 皮尼)：城上女墙。[33]弘光四镇：南明弘光帝时，分江北为四镇，分别由刘良佐、黄得功、高杰、刘泽清驻守。[34]胙(zuò坐)土分茅：胙，赐。古代帝王分封功臣土地，用白茅裹着泥土授予被封者，象征授予土地及权力。这里是说刘良佐受命镇守一方，是有封爵的大官。[35]贯耳：以短箭插耳示众，为古代军队中的刑罚。

[36] 酹醊（lèi chuò 泪绰）：以酒浇地而祭。[37] 呕煦（xū xǔ 须续）：和悦可亲的样子。[38] 拊循：抚慰。[39] 苏、松：苏州、松江两府所属各地。[40] 梯冲：攻城用的云梯与冲车。[41]《尚书·序》：指《尚书》中《多士》一篇的序。[42] 成周既成，迁殷顽民：全句是说西周灭殷以后，把不服从周朝的殷人迁到成周这个地方，以防止他们叛乱。成周，古地名，在今河南洛阳市东北。周成王时，周公旦曾筑城于此。[43] 跖犬吠尧：比喻人臣各为其主。跖，古代传说中的大盗名；尧，古代传说中的贤君。语见《战国策·齐策六》。[44] 邻女詈人：《战国策·秦策一》："楚人有两妻者，人诱其长者，长者詈之；诱其少者，少者许之。居无几何，有两妻者死，客谓诱者曰：'汝取长者乎，少者乎？'曰：'取长者。'客曰：'长者詈汝，少者和汝，汝何为取长者？'曰：'居彼人之所，则欲其许我也；今为我妻，则欲其为我詈人也。'"詈，咒骂。诱（tiǎo），引诱。

选古文小品序

廖燕

大块[1]铸人，缩七尺精神于寸眸之内，呜呼，尽之矣！文非以小为尚，以短为尚，顾小者大之枢，短者长之藏也。若言犹远而不及，与理已至而思加，皆非文之至也。故言及者无繁词，理至者多短调。巍巍泰岱，碎而为嶙砺沙砾，则瘦漏透皱见矣；滔滔黄河，促而为川渎溪涧，则清涟潋滟生矣。盖物之散者多漫，而聚者常敛。照乘粒珠[2]耳，而烛物更远，予取其远而已；匕首寸铁耳，而刺人尤透，予取其透而已。大狮搏象用全力，搏兔亦用全力，小不可忽也；粤西有修蛇，蜈蚣能制之，短不可轻也。

[注] [1] 大块：大自然。《庄子·大宗师》："夫大块载我以形，劳我以生，佚我以老，息我以死。"亦可作天地，即造化解。铸：铸造。[2] 照乘粒珠：光亮能照明车辆的宝珠。乘，古时一车四马为一乘。

鸟说

戴名世

余读书之室，其旁有桂一株焉，桂之上，日有声嘤嘤[1]然者。即而视之，则二鸟巢于其枝干之间，去地不五六尺，人手能及之。巢大如盏，精密完固，细草盘结而成。鸟雌一雄一，小不能盈掬，色明洁，娟皎可爱，不知其何鸟也。雏且出矣，雌者覆翼之，雄者往取食，每得食，辄息于屋上，不即下。主人戏以手撼其巢，则下瞰而鸣，小撼之小鸣，大撼之即大鸣，手下，鸣乃已。他日，余从外来，见巢坠于地，觅二鸟及鷇[2]，无有。问之，则某氏僮奴取以去。

嗟乎！以此鸟之羽毛洁而音鸣好也，奚不深山之适而茂林之栖，乃托身非所，见辱于人奴以死。彼其以世路为甚宽也哉！

[注] [1]嘤（guān 关）嘤：二鸟和鸣。[2]鷇（kū 枯）：鸟卵。

醉乡记

戴名世

昔余尝至一乡，辄颓然靡然，昏昏冥冥，天地为之易位，日月为之失明，目为之眩，心为之荒惑，体为之败乱。问之人："是何乡也？"曰："酣适之方，甘旨之尝，以徜以徉，是为醉乡。"

呜呼！是为醉乡也欤？古人不余欺也[1]。吾尝闻夫刘伶、阮籍[2]之徒矣。当是时，神州陆沉，中原鼎沸，而天下之人，放纵恣肆，淋漓颠倒，相率入醉乡不已。而以吾所见，其间未尝有可乐者。或以为可以解忧云耳。夫忧之可以解者，非真忧也；夫果有其忧焉，抑亦不必解也，况醉乡实不能解其忧也。然则入醉乡者，皆无有忧也。

呜呼！自刘、阮以来，醉乡遍天下；醉乡有人，天下无人矣。昏昏然，冥冥然，颓堕委靡，入而不知出焉。其不入而迷者，岂无其人者欤？而荒惑败乱者率指以为笑，则真醉乡之徒也已。

[注] [1] "是为"二句：唐王绩《醉乡记》云："醉之乡，去中国不知其几千里也。其土旷然无涯，无丘陵阪险。其气和平一揆，无晦明寒暑。其俗大同，无邑居聚落。其人甚精，无爱憎喜怒，吸风饮露，不食五谷。其寝于于，其行徐徐，与鸟兽鱼鳖杂处，不知有舟车器械之用。"唐皇甫松有逸事小说《醉乡日月》，叙唐人饮酒生活。[2] 刘伶：字伯伦，西晋沛国（今安徽宿县）人。纵酒放诞，蔑视封建礼法，曾作《酒德颂》。阮籍(210—263)：字嗣宗，三国陈留尉氏（今属河南）人。蔑视礼教，在当时复杂政治斗争中常以醉酒保全自己。诗文以《咏怀》《大人先生传》《达生论》等著名。

画网巾先生传

戴名世

　　顺治二年，既定江东南，而明唐王[1]即皇帝位于福州。其泉国公郑芝龙[2]，阴受大清督师洪承畴[3]旨，弃关撤守备，七闽[4]皆没，而新令薙发更衣冠，不从者死。于是士民以违令死者不可胜数，而画网巾先生事尤奇。

　　先生者，其姓名爵里皆不可得而知也，携仆二人，皆仍明时衣冠，匿迹于邵武、光泽山寺中。事颇闻于外，而光泽守将吴镇使人掩捕之，逮送邵武守将池凤阳。凤阳皆去其网巾[5]，留于军中，戒部卒谨守之。先生既失网巾，盥栉毕，谓二仆曰："衣冠者，历代各有定制，至网巾则我太祖高皇帝创为之也。今吾遭国破即死，讵可忘祖制乎！汝曹取笔墨来，为我画网巾额上。"于是二仆为先生画网巾，画已，乃加冠，二仆亦互相画也，日以为常。军中皆哗笑之，而先生无姓名，人皆呼之曰画网巾云。

　　当是时，江西、福建间有四营之役。四营者，曰张自盛，曰洪国玉，曰曹大镐，曰李安民。先是自盛隶明建武侯王得仁为裨将，得仁既败死，自盛亡入山，与洪国玉等收召散卒及群盗，号曰恢复，众且逾万人，而明之遗臣如督师兵部右侍郎揭重熙、詹事府正詹事傅鼎铨等皆依之。岁庚寅[6]夏，四营兵溃于邵武之禾坪，池凤阳诡称先生为阵俘，献之提督杨名高。名高视其所画网巾班班然额上，笑而置之。

　　名高军至泰宁，从槛车中出先生，谓之曰："若及今降我，犹可以免死。"先生曰："吾旧识王之纲，当就彼决之。"王之纲者，福建总兵，破四营有功者也。名高喜，使往之纲所。之纲曰："吾固不识若也。"先生曰："吾亦不识若也，今特就若死耳。"之纲穷诘其姓名，先生曰："吾忠未能报国，留姓名则辱国；智未能保家，留姓名则辱家；危不即致身[7]，留姓名则辱身。军中呼我为画网巾，即以此为吾姓名可矣。"之纲曰："天下事已大定，吾本明朝总兵，徒以识时变，知天命，至今日不失富贵。若一匹夫，倔强死，何益？且夫改制易服，自前世已然。"因指其发而诟之曰："此种种[8]者而不肯去，何也？"先生曰："吾于网巾且不忍去，况发耶！"之纲怒，命卒先斩其二仆。群卒前捽之，二仆瞋目叱曰："吾两人岂惜死者！顾死亦有礼，当一辞吾主人而死耳。"于是向先

生拜，且辞曰："奴等得事扫除泉下矣！"乃欣然受刃。之纲复谓先生曰："若岂有所负耶？义死虽亦佳，何执之坚也。"先生曰："吾何负？负吾君耳。一筹莫效而束手就擒，与婢妾何异，又以此易节烈名，吾笑乎古今之循例而负义者，故耻不自述也。"出袖中诗一卷，掷于地，复出白金一封，授行刑者曰："此樵川范先生所赠也，今与汝。"遂被戮于泰宁之杉津。泰宁诸生谢韩葬其骸于郊外杉窝山，题曰"画网巾先生之墓"，而岁时上冢致祭不辍。

当四营之既溃也，杨名高、王之纲复追破之，死逃略尽，而败将有愿降者，率兵受招抚于邵武。行至朱口，一卒独不肯前，伸项谓其伍曰："杀我！杀我！"其伍怪之，且问故，曰："吾熟思之累日夜矣，终不能俯仰事降将，宁死汝手。"其伍难之。乃奋袂裂眦，抽刃相拟曰："不杀我者，今当杀汝！"其伍乃挥涕斩之，埋其骨而去。

揭重熙、傅鼎铨先后被获，不屈死。张自盛、曹大镐等后就缚于泸溪[9]山中。

赞曰：自古守节之士不肯以姓字落人间者，始于明永乐之世。当是时，一夫守义而祸及九族，故多匿迹而死，以全其宗党。迨崇祯甲申[10]而后，其令未有如是之酷也，而以余所闻，或死或遁，不以姓名里居示人者颇多有，使吊古之士莫能详焉，岂不可惜也夫！如画网巾先生事甚奇。闻当时军中有马耀图者，见而识之曰："是为冯生舜也。"至其他生平则又不能言焉。余疑其出于附会，故不著于篇。

[注] [1]唐王：朱聿键，崇祯五年(1632)袭封唐王，顺治二年(1645)受郑鸿逵、黄道周拥戴在福州监国，旋即帝位，年号隆武。次年，清兵入福建，因郑芝龙降清，他逃到汀州被俘，死于福州。 [2]郑芝龙：字飞皇，福建南安人，初拥立唐王于福州，及清兵入闽，降清，因其子郑成功据台湾不屈，遂为清廷所杀。泉国公为其封号。[3]洪承畴：字彦演，福建南安人，明末任蓟辽总督，后为清军所败，降清。 [4]七闽：古称今福建和浙江南部，因居七族，故称，后称福建为七闽。[5]网巾：以丝结网为巾，用以裹发，始于明代。 [6]庚寅：顺治七年(1650)。 [7]危不即致身：谓国家危难之时不能立即献身于国。[8]种种：头发短的样子。[9]泸溪：县名，今属湖南。[10]崇祯甲申：崇祯十七年(1644)，明朝灭亡于此年。

狱中杂记

方苞

　　康熙五十一年三月，余在刑部狱，见死而由窦出者日三四人。有洪洞令杜君者，作而言曰："此疫作也。今天时顺正，死者尚稀，往岁多至日十数人。"余叩所以。杜君曰："是疾易传染，遘者虽戚属，不敢同卧起。而狱中为老监者四，监五室。禁卒居中央，牖其前以通明，屋极[1]有窗以达气。旁四室则无之，而系囚常二百馀。每薄暮下管键，矢溺皆闭其中，与饮食之气相薄。又隆冬，贫者席地而卧，春气动，鲜不疫矣。狱中成法，质明启钥。方夜中，生人与死者并踵顶而卧，无可旋避。此所以染者众也。又可怪者，大盗积贼，杀人重囚，气杰旺，染此者十不一二，或随有瘳；其骈死，皆轻系及牵连佐证法所不及者。"

　　余曰："京师有京兆狱[2]，有五城御史司坊[3]，何故刑部系囚之多至此？"杜君曰："迩年狱讼，情稍重，京兆、五城即不敢专决；又九门提督[4]所访缉纠诘，皆归刑部；而十四司正副郎[5]好事者，及书吏、狱官、禁卒，皆利系者之多，少有连，必多方钩致。苟入狱，不问罪之有无，必械手足，置老监，俾困苦不可忍。然后导以取保，出居于外，量其家之所有以为剂，而官与吏剖分焉。中家以上，皆竭资取保。其次，求脱械居监外板屋，费亦数十金。惟极贫无依，则械系不稍宽，为标准以警其馀。或同系，情罪重者反出在外，而轻者、无罪者罹其毒。积忧愤，寝食违节，及病，又无医药，故往往至死。"余伏见圣上好生之德，同于往圣，每质狱辞，必于死中求其生。而无辜者乃至此。倘仁人君子为上昌言，除死刑及发塞外重犯，其轻系及牵连未结正者，别置一所以羁之，手足毋械，所全活可数计哉？或曰："狱旧有室五，名曰现监，讼而未结正者居之。倘举旧典，可小补也。"杜君曰："上推恩，凡职官居板屋，今贫者转系老监，而大监有居板屋者，此中可细诘哉！不若别置一所，为拔本塞源之道也。"余同系朱翁、余生及在狱同官僧某[6]，遘疫死，皆不应重罚。又某氏以不孝讼其子，左右邻械系入老监，号呼达旦。余感焉，以杜君言泛讯之，众言同，于是乎书。

　　凡死刑狱上，行刑者先俟于门外，使其党入索财物，名曰"斯罗[7]"。富者就其戚属，贫则面语之。其极刑[8]，曰："顺我，即先刺心；否则四肢解尽，心犹不死。"其绞缢，曰："顺我，始缢即气绝；否则三缢加别械，然后得死。"惟大辟无可要，然犹质其首。用此，富者赂数十百金，贫亦罄衣装；绝无有者，则治之如所言。主缚者亦然，不如所欲，缚时即先折筋骨。每岁大决，勾者十四三，留者十六七，皆缚至西市[9]待命。其伤于缚者，即幸留，病数月乃瘳，或竟成痼疾。

余尝就老胥[10]而问焉："彼于刑者、缚者，非相仇也，期有得耳；果无有，终亦稍宽之，非仁术乎？"曰："是立法以警其馀，且惩后也；不如此，则人有幸心。"主梏扑者亦然。余同逮以木讯者三人：一人予三十金，骨微伤，病间月；一人倍之，伤肤，兼旬愈；一人六倍，即夕行步如平常。或叩之曰："罪人有无不均，既各有得，何必更以多寡为差？"曰："无差，谁为多与者？"孟子曰："术不可不慎[11]。"信夫！

部中老胥，家藏伪章，文书下行直省[12]，多潜易之，增减要语，奉行者莫辨也。其上闻及移关[13]诸部，犹未敢然。功令[14]：大盗未杀人，及他犯同谋多人者，止主谋一二人立决；馀经秋审，皆减等发配。狱辞上，中有立决者，行刑人先俟于门外。命下，遂缚以出，不羁晷刻。有某姓兄弟，以把持公仓，法应立决。狱具矣，胥某谓曰："予我千金，吾生若。"叩其术，曰："是无难，别具本章，狱辞无易，取案末独身无亲戚者二人易汝名，俟封奏时潜易之而已。"其同事者曰："是可欺死者，而不能欺主谳者；倘复请之，吾辈无生理矣。"胥某笑曰："复请之，吾辈无生理，而主谳者亦各罢去。彼不能以二人之命易其官，则吾辈终无死道也。"竟行之，案末二人立决。主者口呿舌挢，终不敢诘。余在狱，犹见某姓，狱中人群指曰："是以某某易其首者。"胥某一夕暴卒，众皆以为冥谪云。

凡杀人，狱辞无谋、故[15]者，经秋审入矜疑[16]，即免死。吏因以巧法。有郭四者，凡四杀人，复以矜疑减等，随遇赦。将出，日与其徒置酒酣歌达曙。或叩以往事，一一详述之，意色扬扬，若自矜诩。噫！渫恶吏忍于鬻狱，无责也；而道之不明，良吏亦多以脱人于死为功，而不求其情。其枉民也，亦甚矣哉！

奸民久于狱，与胥卒表里，颇有奇羡。山阴李姓以杀人系狱，每岁致数百金。康熙四十八年，以赦出。居数月，漠然无所事，其乡人有杀人者，因代承之，盖以律非故杀，必久系，终无死法也。五十一年，复援赦减等谪戍，叹曰："吾不得复入此矣！"故例，谪戍者移顺天府羁候，时方冬停遣，李具状求在狱，候春发遣，至再三，不得所请，怅然而出。

[注] [1]屋极：屋顶。 [2]京兆狱：京兆府设立的地方监狱。 [3]五城御史司坊：五城御史衙门的监狱。京城内分东、西、南、北、中五区，各有监狱。 [4]九门提督：清代北京外城有九门，即：正阳、崇文、宣武、安定、德胜、东直、西直、朝阳、阜成。[5]十四司正副郎：清初刑部设十四司，司的正官称郎中，副官称员外郎。 [6]朱翁：名字不详。或以为即朱书，非是。余生：即余湛，字石民，童年受学于戴名世。两人皆因《南山集》案牵连下狱。同官：今陕西铜川市。僧某：姓僧的人，或指僧人某。 [7]斯罗：同"撕掳"，北京方言，料理之意。 [8]极刑：即凌迟。行刑时先割去肢体，然后断喉致死。[9]大决：即秋决。清时秋天对判死刑的犯人加以处决。每年八月，刑部会同九卿将死刑犯审核，姓名奏报皇帝，皇帝用朱笔加勾的立即执行，未勾的暂缓。西市：清时京师行刑的场所，在今北京宣武区菜市口。[10]胥：胥吏，衙门中掌管公文案卷的小吏。 [11]术不可不慎：语出《孟子·公孙丑上》，意谓选择谋生的手段不可不慎重。[12]直省：清代各省皆直属中央，故称。 [13]上闻：上奏皇帝。移关：移文和关文，皆属平行机关之间的来往公文。 [14]功令：政府法令。 [15]谋：预谋杀人。故：故意杀人。[16]秋审：每年秋天，刑部会同有关京官审核死刑案件，称秋审。矜疑：其情可悯，其罪可疑。清朝规定，审判犯人分为情实、缓决、可矜、可疑四类。入矜、疑类案件可减罪。

左忠毅公[1]逸事

方苞

先君子[2]尝言：乡先辈左忠毅公视学京畿，一日风雪严寒，从数骑出，微行入古寺，庑下一生伏案卧，文方成草。公阅毕，即解貂覆生，为掩户。叩之寺僧，则史公可法也。及试，吏呼名至史公，公瞿然注视；呈卷，即面署第一。召入使拜夫人，曰："吾诸儿碌碌，他日继吾志事，惟此生耳。"

及左公下厂[3]狱，史朝夕狱门外。逆阉防伺甚严，虽家仆不得近。久之，闻左公被炮烙[4]，旦夕且死，持五十金，涕泣谋于禁卒，卒感焉。一日使史更敝衣草屦，背筐，手长镵[5]，为除不洁者。引入，微指左公处，则席地倚墙而坐，面额焦烂不可辨，左膝以下，筋骨尽脱矣。史前跪，抱公膝而呜咽。公辨其声，而目不可开，乃奋臂以指拨眦，目光如炬，怒曰："庸奴！此何地也？而汝来前。国家之事，糜烂至此，老夫已矣，汝复轻身而昧大义，天下事谁可支拄者？不速去，无俟奸人构陷，吾今即扑杀汝！"因摸地上刑械，作投击势。史噤不敢发声，趋而出。后常流涕述其事以语人曰："吾师肺肝，皆铁石所铸造也！"

崇祯末，流贼张献忠出没蕲、黄、潜、桐间[6]，史公以凤庐道奉檄守御[7]。每有警，辄数月不就寝，使将士更休，而自坐幄幕外，择健卒十人，令二人蹲踞而背倚之，漏鼓移则番代。每寒夜起立，振衣裳，甲上冰霜迸落，铿然有声。或劝以少休，公曰："吾上恐负朝廷，下恐愧吾师也。"

史公治兵，往来桐城，必躬造左公第，候太公、太母[8]起居，拜夫人于堂上。

余宗老涂山[9]，左公甥也，与先君子善，谓狱中语乃亲得之于史公云。

[注] [1]左忠毅公：左光斗(1575—1625)，字遗直，号浮丘，万历三十五年(1607)进士，官至左佥都御史。天启间为魏忠贤所害，死于狱中。追谥忠毅。[2]先君子：尊称已故的父亲。方苞父名仲舒，字逸巢。 [3]厂：此指东厂，官署名。永乐十八年(1420)明成祖设于京师东安门北。专从事特务活动，镇压人民和官员中的反对派，由亲信宦官掌管。后又有西厂、内厂。[4]炮(páo刨)烙：相传为殷纣所用的一种酷刑。据后人考证，系用炭烧热铜柱，令人爬行柱上，即堕炭火烧死。此处泛指用金属烧红烫肉体的酷刑。[5]镵(chán蝉)：古代一种犁头，用以掘土。[6]蕲、黄、潜、桐间：今湖北、安徽一带。蕲，今湖北蕲春：黄，今湖北黄冈；潜，今安徽潜山；

桐，今安徽桐城。[7]"史公"句：崇祯八年(1635)朝议设兵备道以扼制农民军，史可法受命以右参议分守池州、太平，十一月，改副使，分巡安庆、池州，此谓任凤庐道，与史传有出入。 [8] 太公、太母：指左光斗的父母。 [9] 涂山：方文(1612—1669)，字尔止，号嵞山，一作涂山。方苞本族祖父。明诸生，入清不仕，为著名遗民诗人。

高阳孙文正公逸事

方苞

杜先生岕尝言：归安[1]茅止生习于高阳孙少师。道公天启二年，以大学士经略蓟、辽，置酒别亲宾，会者百人。有客中坐，前席而言曰："公之出，始吾为国庆，而今重有忧。封疆社稷，寄公一身，公能堪，备物自奉，人莫之非；如不能，虽毁身家，责难逭[2]，况俭觳[3]乎？吾见客食皆齿[4]，而公独饭粗，饰小名以镇物，非所以负天下之重也。"

公揖而谢曰："先生诲我甚当，然非敢以为名也。好衣甘食，吾为秀才时固不厌，自成进士，释褐而归，念此身已不为己有，而朝廷多故，边关日骇，恐一旦肩事任，非忍饥劳，不能以身率众。自是不敢适口体，强自勖厉，以至于今，十有九年矣。"

呜呼！公之气折逆奄[5]，明周万事，合智谋忠勇之士以尽其材，用危困疮痍之卒以致其武，唐、宋名贤中犹有伦比；至于诚能动物，所纠所斥，退无怨言，叛将远人咸喻其志，而革心[6]无贰，则自汉诸葛武侯而后，规模气象，惟公有焉。是乃克己省身忧民体国之实心自然而忾[7]乎天下者，非躬豪杰之才，而概乎有闻于圣人之道，孰能与于此？然惟二三执政与中枢边境事同一体之人实不能容；《易》曰："信及豚鱼。"媢嫉[8]之臣乃不若豚鱼之可格，可不惧哉！

[注] [1]归安：旧县名，治所在今浙江湖州。[2]逭（huàn 换）：逃避。[3]觳（què 却）：简陋。[4]齿：精米。[5]奄：同"阉"，指魏忠贤阉党。[6]革心：谓叛将远人洗心改过。[7]忾（qì 气）：通"迄"，通行，遍及。[8]媢（mào 冒）嫉：嫉妒。

范县署中寄舍弟墨第四书

郑燮

十月二十六日得家书,知新置田获秋稼五百斛,甚喜。而今而后,堪为农夫以没世矣。要须制碓制磨,制筛罗簸箕,制大小扫帚、制升斗斛。家中妇女,率诸婢妾,皆令习舂揄蹂簸[1]之事,便是一种靠田园长子孙气象。天寒冰冻时,穷亲戚朋友到门,先泡一大碗炒米送手中,佐以酱姜一小碟,最是暖老温贫之具。暇日咽碎米饼,煮糊涂粥,双手捧碗,缩颈而啜之,霜晨雪早,得此周身俱暖。嗟乎!嗟乎!吾其长为农夫以没世乎!

我想天地间第一等人,只有农夫,而士为四民之末。农夫上者种地百亩,其次七八十亩,其次五六十亩,皆苦其身,勤其力,耕种收获,以养天下之人。使天下无农夫,举世皆饿死矣。我辈读书人,入则孝,出则弟,守先待后[2],得志泽加于民,不得志修身见于世,所以又高于农夫一等。今则不然,一捧书本,便想中举,中进士,作官,如何攫取金钱,造大房屋,置多田产。起手便错走了路头,后来越做越坏,总没个好结果。其不能发达者,乡里作恶,小头锐面,更不可当。夫束修自好者,岂无其人;经济自期,抗怀千古者,亦所在多有。而好人为坏人所累,遂令我辈开不得口;一开口,人便笑曰:"汝辈书生,总是会说;他日居官,便不如此说了。"所以忍气吞声,只得捱人笑骂。工人制器利用,贾人搬有运无,皆有便民之处。而士独于民大不便,无怪乎居四民之末也。且求居四民之末而亦不可得也!

愚兄平生最重农夫。新招佃地人,必须待之以礼。彼称我为主人,我称彼为客户,主客原是对待之义,我何贵而彼何贱乎?要体貌他,要怜悯他;有所借贷,要周全他;不能偿还,要宽让他。尝笑唐人《七夕》诗,咏牛郎织女,皆作会别可怜之语,殊失命名本旨。织女,衣之源也,牵牛,食之本也,在天星为最贵。天顾重之,而人反不重乎?其务本勤民,呈象昭昭可鉴矣。吾邑妇人,不能织绸织布,然而主中馈,习针线,犹不失为勤谨。近日颇有听鼓儿词,以斗叶为戏[3]者,风俗荡轶,亟宜戒之。

吾家业地虽有三百亩,总是典产,不可久恃。将来须买田二百亩,予兄弟二人,各得百亩足矣,亦古者一夫受田百亩之义也。若再求多,便是占人产业,莫大罪过。天下无田无业者多矣,我独何人,贪求无厌,穷民将何所措足乎!或曰:世上连阡越陌,数百顷有馀者,子将奈何?应之曰:他自做他家事,我自做我家事,世道盛则一德遵王[4],风俗偷[5]则不同为恶,亦板桥之家法也。哥哥字。

[注] [1]舂揄蹂簸:《诗·大雅·生民》:"或舂或揄,或簸或蹂。"揄(yóu 由),舀取。[2]守先待后:语本于《孟子·滕文公下》:"守先王之道,以待后之学者。"意为严守着古代圣王的礼法道义,用来培养后代的学者。(据杨伯峻《孟子译注》)[3]斗叶为戏:叶,叶子,又称叶子戏,一种赌博的纸牌。 [4]一德遵王:专一守德行,遵循王道纲纪。一,使动用法。王,王道。 [5]偷:浇薄。

游三游洞记

刘大櫆

　　出夷陵州治，西北陆行二十里，濒大江之左，所谓下牢之关[1]也。路狭不可行，舍舆登舟。舟行里许，闻水声汤汤[2]，出于两崖之间。复舍舟登陆，循仄径曲折以上。穷山之巅，则又自上缒危滑以下。其下地渐平，有大石覆压当道，乃伛俯径石腹以出。出则豁然平旷，而石洞穹起，高六十馀尺，广可十二丈。二石柱屹立其口，分为三门，如三楹之室焉。

　　中室如堂，右室如厨，左室如别馆。其中一石，乳而下垂，扣之，其声如钟。而左室外小石突立正方，扣之如磬。其地石杂以土，撞之则逄逄然鼓音。背有石如床，可坐，予与二三子浩歌其间，其声轰然，如钟磬助之响者。下视深溪，水声泠然出地底。溪之外翠壁千寻，其下有径，薪采者负薪行歌，缕缕不绝焉。

　　昔白乐天[3]自江州[4]司马徙为忠州[5]刺史，而元微之[6]适自通州[7]将北还[8]，乐天携其弟知退[9]，与微之会于夷陵，饮酒欢甚，留连不忍别去，因共游此洞，洞以此三人得名。其后欧阳永叔[10]暨黄鲁直[11]二公皆以摈斥流离，相继而履其地，或为诗文以纪之。予自顾而嘻，谁摈斥予乎？谁使予之流离而至于此乎？偕予而来者，学使陈公[12]之子曰伯思、仲思[13]。予非陈公，虽欲至此无由，而陈公以守其官未能至，然则其至也，其又有幸有不幸邪？

　　夫乐天、微之辈，世俗之所谓伟人，能赫然取名位于一时，故凡其足迹所经，皆有以传于后世，而地得因人以显。若予者，虽其穷幽陟险，与虫鸟之适去适来何异？虽然，山川之胜，使其生于通都大邑，则好游者踵相接也；顾乃置之于荒遐僻陋之区，美好不外见，而人亦无以亲炙其光。呜呼！此岂一人之不幸也哉？

[注]　[1]下牢之关：在今宜昌市西北。[2]汤(shāng商)汤：水流的声音。[3]白乐天：白居易，乐天是他的字。[4]江州：今江西九江。[5]忠州：今四川忠县。[6]元微之：元稹，微之是他的字。[7]通州：今四川达县。[8]将北还：指由通州司马改任虢州（今河南灵宝）长史。[9]知退：白行简的字。[10]欧阳永叔：欧阳修，永叔是他的字。[11]黄鲁直：黄庭坚，鲁直是他的字。[12]学使陈公：指陈浩。学使，即提督学政，也称提学使。[13]伯思、仲思：指陈浩之长子本忠，次子本敬。

为学一首示子侄

彭端淑

天下事有难易乎？为之，则难者亦易矣；不为，则易者亦难矣。人之为学有难易乎？学之，则难者亦易矣；不学，则易者亦难矣。吾资之昏，不逮人也；吾材之庸，不逮人也；旦旦而学之，久而不怠焉，迄乎成，而亦不知其昏与庸也。吾资之聪，倍人也；吾材之敏，倍人也；屏弃而不用，其与昏与庸无以异也。圣人之道，卒于鲁也传之[1]。然则昏庸聪敏之用，岂有常哉！

蜀之鄙有二僧，其一贫，其一富。贫者语于富者曰："吾欲之南海[2]，何如？"富者曰："子何恃而往？"曰："吾一瓶一钵足矣。"富者曰："吾数年来欲买舟而下，犹未能也。子何恃而往！"越明年，贫者自南海还，以告富者，富者有惭色。西蜀之去南海，不知几千里也，僧之富者不能至，而贫者至焉。人之立志，顾不如蜀鄙之僧哉！

是故聪与敏，可恃而不可恃也；自恃其聪与敏而不学者，自败者也。昏与庸，可限而不可限也；不自限其昏与庸而力学不倦者，自力者也。

[注] [1]"圣人之道"二句：圣人，指孔子。鲁，迟钝，指孔子的学生曾参。《论语·先进》云："参也鲁。"[2]南海：指普陀山，在浙江省东北部莲花洋中，与五台、九华、峨眉合称中国佛教四大名山。

梅花岭记

全祖望

顺治二年乙酉[1]四月,江都围急[2]。督相史忠烈公[3]知势不可为,集诸将而语之曰:"吾誓与城为殉,然仓皇中不可落于敌人之手以死,谁为我临期成此大节者?"副将军史德威[4]慨然任之。忠烈喜曰:"吾尚未有子,汝当以同姓为吾后。吾上书太夫人,谱汝诸孙中。"

二十五日,城陷,忠烈拔刀自裁,诸将果争前抱持之。忠烈大呼德威,德威流涕不能执刃,遂为诸将所拥而行。至小东门,大兵如林而至。马副使鸣騄、任太守民育及诸将刘都督肇基[5]等皆死。忠烈乃瞠目曰:"我史阁部也。"被执至南门,和硕豫亲王[6]以先生呼之,劝之降。忠烈大骂而死。初,忠烈遗言:"我死,当葬梅花岭上。"至是,德威求公之骨不可得,乃以衣冠葬之。

或曰:"城之破也,有亲见忠烈青衣乌帽,乘白马,出天宁门投江死者,未尝殒于城中也。"自有是言,大江南北,遂谓忠烈未死。已而英、霍山师[7]大起,皆托忠烈之名,仿佛陈涉之称项燕[8]。吴中孙公兆奎[9]以起兵不克,执至白下[10]。经略洪承畴[11]与之有旧,问曰:"先生在兵间,审知故扬州阁部史公果死耶,抑未死耶?"孙公答曰:"经略从北来,审知故松山殉难督师洪公[12]果死耶,抑未死耶?"承畴大恚,急呼麾下驱出斩之。

呜呼!神仙诡诞之说,谓颜太师以兵解[13],文少保亦以悟大光明法蝉蜕[14],实未尝死。不知忠义者圣贤家法[15],其气浩然,常留天地之间,何必出世入世之面目?神仙之说,所谓为蛇画足。即如忠烈遗骸,不可问矣。百年而后,予登岭上,与客述忠烈遗言,无不泪下如雨,想见当日围城光景。此即忠烈之面目,宛然可遇,是不必问其果解脱否也,而况冒其未死之名者哉!

墓旁有丹徒钱烈女[16]之冢,亦以乙酉在扬,凡五死而得绝,特告其父母火之,无留骨秽地,扬人葬之于此。江右王猷定、关中黄遵岩、粤东屈大均[17]为作传铭哀辞。

顾尚有未尽表章者:予闻忠烈兄弟,自翰林可程[18]下,尚有数人,其后皆来江都省墓。适英、霍山师败,捕得冒称忠烈者,大将发至江都,令史氏男女来认之。忠烈之第八弟已亡,其夫人年少有色,守节,亦出视之。大将艳其色,欲

强娶之,夫人自裁而死。时以其出于大将之所逼也,莫敢为之表章者。忠烈尝恨可程在北,当易姓之间[19],不能仗节,出疏纠之。岂知身后乃有弟妇以女子而踵兄公[20]之馀烈乎!梅花如雪,芳香不染,异日有作忠烈祠者,副使诸公谅在从祀之列,当另为别室以祀夫人,附以烈女一辈也。

[注] [1]顺治二年乙酉:1645年。顺治:清世祖福临的年号(1644—1661)。[2]江都围急:顺治二年四月,扬州被清军包围,孤立无援,形势危急。江都,今江苏扬州市。[3]督相史忠烈公:即史可法,字宪之,号道邻,祥符(今河南开封市)人。崇祯进士。清兵入关后,福王朱由崧于南京即帝位。任史可法为兵部尚书、武英殿大学士。坚守扬州,城破被执,从容就义。因他以大学士身份督师扬州,而明代大学士的职位相当于宰相,故称督相。"忠烈"是他死后的谥号。[4]史德威:史可法部下副将军,即副总兵官,平阳(今山西临汾)人。[5]马副使鸣騄:马鸣騄,褒城(今陕西勉县东北)人,为督理扬州军务的副帅。任太守民育:任民育,字时泽,济宁(今属山东)人,任扬州知府,城破后被杀,全家投井而死。太守,汉代官名,明代借指知府。刘都督肇基:刘肇基,字鼎维,辽东(今属辽宁)人,史可法部下都督。城破后率部巷战,壮烈牺牲。[6]和硕豫亲王:名多铎,清太祖努尔哈赤第十五子,封为豫亲王。是清军攻打江南的主帅,称定国大将军。和硕,满语,部落或旗的意思。清代亲王、公主都冠以"和硕"二字。[7]英、霍山师:明末在英山、霍山一带起义抗清的义军。英,英山,今属湖北;霍,霍山,今属安徽。倪在田《续明纪事本末》:"义士冯弘图、侯应龙、张图容、杨国士起兵于霍山。弘图倡言史可法实未死,众信之,集兵数千,攻英山、霍山、六安,皆下之。寻为吴兆胜所破。"[8]仿佛陈涉之称项燕:如同当年陈涉起义时假借项燕的名义。《史记·陈涉世家》:"陈胜(即陈涉)曰:'项燕为楚将,数有功,爱士卒,楚人怜之,或以为死,或以为亡(逃亡)。今诚以吾众诈自称公子扶苏、项燕,为天下唱(倡),宜多应者。'"[9]吴中孙公兆奎:孙兆奎,字君昌,江苏吴江县人。吴易自太湖起兵抗清,兆奎率千余人应之,号称"孙吴军"。为北军吴兆胜所袭,兵败被擒,解至江宁而死。吴中,今江苏省吴县,古代也称吴中,清代与吴江县同属苏州府管辖。[10]白下:江宁(南京)旧有白下城,在今南京市西北,后人以白下作为南京的别称。[11]经略洪承畴:洪承畴,字亨九,南安(今属福建)人。明末曾任蓟辽总督,与清军在松山作战时兵败投降,后被任命为七省经略,驻江宁。经略,明清两代官名,职位在总督之上。[12]故松山殉难督师洪公:松山失利时,一度传说洪承畴已经遇难,崇祯皇帝朱由检还为此设坛哭祭他。松山,在今辽宁锦州市南。[13]颜太师以兵解:颜太师,指唐代颜真卿,德宗时曾任太子太师。后被叛将李希烈所害,传说十余年后他的仆

人又在洛阳同德寺看到他，衣长白衫，张盖，在佛殿上坐，因此当时人都传说他成了仙。见《太平广记》卷三二引《仙传拾遗》。兵解，学仙的人称死于兵刃为"兵解"，意思是借此脱离了躯壳而成仙。 [14] 文少保亦以悟大光明法蝉蜕：文少保，指文天祥。他官至右丞相，加少保、信国公。南宋末年，他坚持抗元，兵败被俘，拒不投降，被杀。大光明法，道家的一种出世法。传说数日后，其妻收尸，颜面如生。清彭尺木与袁枚书："昔文信公在燕狱时，遇楚黄道人，受出世法，始得脱然于生死之际，故其诗云：'谁知真患难，忽悟大光明。'"蝉蜕，蝉脱去外壳，比喻人脱离肉身而成道。 [15] 圣贤家法：即圣人贤人立身的根本准则。 [16] 丹徒：今江苏省镇江市。钱烈女：名淑贤，清军攻破扬州时殉城。 [17] 江右王猷定：江右，指江西省。王猷定，字于一，号轸石，南昌市人，曾在史可法幕中，明灭亡后，隐居不出。著有《四照堂集》。关中黄遵岩：关中，指陕西省。黄遵岩，清初诗人，生平未详。粤东屈大均：粤东，指广东省。屈大均，字翁山，广东番禺（今广州市）人。曾参加抗清队伍，明亡后一度落发为僧。著有《道援堂集》《广东新语》等。 [18] 翰林可程：史可法的弟弟史可程，崇祯时进士，擢庶吉士，农民军入京时，曾投降农民军，后又降清。庶吉士属翰林院，也称为翰林。 [19] 当易姓之间：指农民起义军入京，明王朝灭亡的时候。易姓，封建时代对改朝换代的说法。 [20] 兄公：弟媳对夫兄的称呼。此指史可法。

亭林先生神道表

全祖望

顾氏世为江东四姓之一，五代时由吴郡徙徐州[1]，南宋时迁海门[2]，已而复归于吴，遂为昆山县[3]之花浦村人。其达者，始自明正德[4]间曰工科给事中广东按察使司佥事溱，及刑科给事中济。刑科生兵部侍郎章志，侍郎生左赞善绍芳及国子生绍芾，赞善生官荫生同应，同应之仲子曰绛，即先生也。绍芾生同吉，早卒，聘王氏，未婚守节，以先生为之后。

先生字曰宁人，乙酉[5]改名炎武，亦或自署曰蒋山佣，学者称为亭林先生。少落落有大志，不与人苟同，耿介绝俗。其双瞳子中白而边黑，见者异之。最与里中归庄[6]相善，共游复社[7]，相传有"归奇顾怪"之目。于书无所不窥，尤留心经世之学。其时四国多虞，太息天下乏材以至败坏，自崇祯己卯[8]后，历览《二十一史》[9]、十三朝实录[10]、天下图经[11]、前辈文编说部，以至公移邸抄之类，有关于民生之利害者随录之，旁推互证，务质之今日所可行，而不为泥古之空言，曰《天下郡国利病书》[12]；然犹未敢自信，其后周流西北且二十年，遍行边塞亭障，无不了了而始成。其别有一编曰《肇域志》[13]，则考索利病之馀，合图经而成者。予观宋乾、淳[14]诸老，以经世自命者，莫如薛艮斋[15]，而王道夫、倪石林[16]继之，叶水心[17]尤精悍，然当南北分裂，闻而得之者多于见，若陈同甫[18]则皆欺人无实之大言，故永嘉、永康之学[19]皆未甚粹，未有若先生之探原竟委，言言可以见之施行，又一禀于王道而不少参以功利之说者也。最精韵学，能据遗经以正六朝唐人之失，据唐人以正宋人之失，欲追复三代以来之音，分部正帙，而究其所以不同，以知古今音学之变。其自吴才老[20]而下，廓如也，则有曰《音学五书》[21]。性喜金石之文[22]到处即搜访，谓其在汉唐以前者，足与古经相参考，唐以后者，亦足与诸史相证明，盖自欧、赵、洪、王[23]后，未有若先生之精者，则有曰《金石文字记》[24]。晚益笃志《六经》，谓古今安得别有所谓理学者，经学即理学也。自有舍经学以言理学[25]者，而邪说以起，不知舍经学，则其所谓理学者禅学[26]也。故其本朱子[27]之说，参之以慈溪黄东发[28]《日抄》所以归咎于上蔡、横浦、象山[29]者甚峻，于同时诸公，虽以苦节推百泉、二曲[30]以经世之学推梨洲[31]，而论学则皆不合。其书曰《下学指南》[32]。或疑其言太过，是固非吾辈所敢遽定，然其谓经学即理学，则名言也。而《日知录》[33]三十卷，尤为先生终身精诣之书，凡经史之粹言具在焉。盖先生书尚多，予不悉详，但详其平生学业之所最重者。

初太安人[34]王氏之守节也，养先生于襁保中。太安人最孝，尝断指以疗君姑[35]之疾。崇祯九年，直指王一鹗请旌[36]于朝，报可。乙酉之夏，太安人六十，避兵常熟之郊，谓先生曰："我虽妇人哉，然受国恩[37]矣，果有大故，我则死之。"于是先生方应昆山令杨永言[38]之辟，与嘉定诸生吴其沆[39]及归庄共起兵，奉故郧抚王永祚[40]，以从夏文忠公[41]于吴，江东授公兵部司务[42]。事既不克，永言行遁去，其沆死之，先生与庄幸得脱，而太安人遂不食卒，遗言后人莫事二姓。次年，闽中[43]使至，以职方郎[44]召，欲与族父延安推官咸正[45]赴之，念太安人尚未葬，不果。次年，几豫吴胜兆[46]之祸，更欲赴海上，道梗不前。

先生虽世籍江南，顾其姿禀颇不类吴会人，以是不为乡里所喜，而先生亦甚厌裙屐[47]浮华之习。尝言："古之疑众者，行伪而坚[48]，今之疑众者，行伪而脆，了不足恃。"既抱故国之戚，焦原毒浪[49]，日无宁晷。庚寅[50]，有怨家欲陷之，乃变衣冠作商贾，游京口[51]，又游禾中[52]。次年，之旧都拜谒孝陵[53]，癸巳[54]再谒，是冬又谒而图焉。次年，遂侨居神烈山[55]下，遍游沿江一带，以观旧都畿辅[56]之胜。顾氏有三世仆曰陆恩，见先生日出游，家中落，叛投里豪。丁酉[57]，先生四谒孝陵归，持之急，乃欲告先生通海[58]，先生亟往禽之，数其罪，湛之水。仆婿复投里豪，以千金赂太守，求杀先生，不系讼曹，而即系之奴之家，危甚。狱日急，有为先生求救于□□[59]者，□□欲先生自称门下而后许之，其人知先生必不可，而惧失□□之援，乃私自书一刺以与之，先生闻之，急索刺还，不得，列揭于通衢以自白。□□亦笑曰："宁人之卞[60]也！"曲周路舍人泽溥[61]者，故相文贞公振飞子也。侨居洞庭[62]之东山，识兵备使者，乃为诉之，始得移讯松江[63]而事解。于是先生浩然有去志，五谒孝陵，始东行，垦田于章丘之长白山[64]下以自给。戊戌[65]，遍游北都诸畿甸[66]，直抵山海关[67]外，以观大东[68]。归至昌平[69]，拜谒长陵[70]以下，图而记之。次年再谒。既而念江南山水有未尽者，复归，六谒孝陵。东游直至会稽[71]。次年，复北谒思陵[72]。由太原、大同以入关中[73]，直至榆林[74]。是年，浙中史祸[75]作，先生之故人吴、潘二子[76]死之，先生又幸而脱。甲辰[77]，四谒思陵。事毕，垦田于雁门[78]之北，五台[79]之东。初先生之居东也，以其地湿，不欲久留，每言马伏波[80]田畴，皆

从塞上立业，欲居代北[81]。尝曰："使吾泽中有牛羊千，则江南不足怀也。"然又苦其地寒，乃但经营创始，使门人辈司之，而身出游。丁未[82]之淮上。次年自山东入京师。莱之黄氏，有奴告其主所作诗者[83]，多株连，自以为得，乃以吴人陈济生所辑《忠义录》[84]，指为先生所作，首[85]之，书中有名者三百馀人。先生在京闻之，驰赴山东自请勘[86]，讼系半年，富平李因笃[87]自京师为告急于有力者，亲至历下[88]解之，狱始白。复入京师，五谒思陵。自是还往河北诸边塞者几十年。丁巳[89]，六谒思陵，始卜居陕之华阴[90]。初先生遍观四方，其心耿耿未下，谓"秦人[91]慕经学，重处士，持清议，实他邦所少；而华阴绾毂关、河之口，虽足不出户，而能见天下之人，闻天下之事，一旦有警，入山守险，不过十里之遥，若志在四方，则一出关门，亦有建瓴之便"，乃定居焉。王征君山史[92]筑斋延之。先生置五十亩田于华下供晨夕，而东西开垦所入，别贮之以备有事。又饵沙苑蒺藜而甘之曰："啖此久，不肉不茗可也。"凡先生之游，以二马二骡，载书自随。所至厄塞，即呼老兵退卒，询其曲折，或与平日所闻不合，则即坊肆中发书而对勘之。或径行平原大野，无足留意，则于鞍上默诵诸经注疏，偶有遗忘，则即坊肆中发书而熟复之。

方大学士孝感熊公[93]之自任史事也，以书招先生为助，答曰："愿以一死谢公，最下则逃之世外。"孝感惧而止。戊午[94]大科，诏下，诸公争欲致之，先生豫令诸门人之在京者辞曰："刀绳具在，无速我死！"次年大修《明史》，诸公又欲特荐之，贻书叶学士讱庵[95]，请以身殉得免。或曰："先生盍亦听人一荐，荐而不出，其名愈高矣。"先生笑曰："此所谓钓名者也。今夫妇人之失所天也，从一而终，之死靡慝[96]，其心岂欲见知于人？若曰盍亦令人强委禽[97]焉，而力拒之以明节，则吾未之闻矣。"华下诸生请讲学，谢之曰："近日二曲亦徒以讲学故得名，遂招逼迫，几致凶死，虽曰威武不屈，然而名之为累，则已甚矣！又况东林[98]覆辙，有进于此者乎？"有求文者，告之曰："文不关于经术政理之大，不足为也。韩文公起八代[99]衰，若但作《原道》《谏佛骨表》《平淮西碑》《张中丞传后》诸篇，而一切谀墓之文不作，岂不诚山斗[100]乎！今犹未也。"其论为学，则曰："诸君关学[101]之馀也。横渠、蓝田[102]之教，以礼为先，孔子尝言博我以文，约之以礼，而刘康公[103]亦云'民受天地之中以生，所谓命也，是以有动作礼义威仪之则以定命'，然则君子为学，舍礼何由？近来讲学之师，专以聚徒立帜为心，而其教不肃，方将赋《茅鸱》[104]之不暇，何问其馀！"寻以己未[105]出关，观伊洛[106]，历嵩少[107]，曰："五岳[108]游其四矣。"会年饥，不欲久留，渡河至代北，复还华下。先生既负用世之略，不得一遂，而所至每小试之，垦田度地，累致千金，故随寓即饶足。徐尚书乾学兄弟[109]，甥也，当其未遇，先生振其乏。至是鼎贵，为东南人士宗，四方从之者如云，累书迎先生南归，愿以别业居之，且为买田以养，皆不至。或叩之，答曰："昔岁孤生，飘摇风雨，今兹亲串，崛起云霄，思归尼父之辕[110]，恐近伯鸾之灶[111]；且天仍梦梦，世尚滔滔，犹吾大夫[112]，未见君子[113]，徘徊渭川[114]，以毕馀年足矣。"

庚申[115]，其安人卒于昆山，寄诗挽之而已。次年，卒于华阴，无子，徐尚书为立从孙洪慎以承其祀。年六十九。门人奉丧归葬昆山之千墩。高弟吴江潘耒[116]收其遗书，序而行之，又别辑《亭林诗文集》十卷，而《日知录》最盛传。历年渐远，读先生之书者虽多，而能言其大节者已罕，且有不知而妄为立传者，以先生为长洲人，可哂也。徐尚书之冢孙涵持节粤中，数千里贻书，以表见属，予沉吟久之。及读王高士不庵之言曰："宁人身负沉痛，思大揭其亲之志于天下，奔走流离，老而无子，其幽隐莫发，数十年靡诉之衷，曾不得快然一吐，而使后起少年，推以多闻博学，其辱已甚，安得不掉首故乡，甘于客死！噫，可痛也！"斯言也，其足以表先生之墓矣夫。其铭曰：

先生兀兀[117]，佐王之学。云雷经纶[118]，以屯[119]被缚。渺然高风，寥天一鹤。重泉拜母，庶无愧怍。

[注] [1]吴郡：古郡名，治所在今江苏苏州。徐州：今属江苏。 [2]海门：今属江苏，在长江口北岸。顾炎武《顾氏谱系考》云："宋南渡时，讳庆者自滁徙海门县之姚刘沙（自注：今崇明县）。"[3]昆山县：今属江苏。[4]正德：明武宗朱厚照年号(1506—1521)。[5]乙酉：清顺治二年(1645)。 [6]归庄(1613—1673)：明末清初文学家，一名祚明，字尔礼，又字玄恭，号恒轩，昆山人。归有光的曾孙。为明末复社成员，曾参加抗清斗争。善书画，工文辞，有《归庄集》。[7]复社：明末由江南地区士大夫知识分子所组成的政治集团，主张改良政治，拯救明王朝。清兵南下时，部分成员曾参加抗清斗争。清顺治九年(1652)被清政府取缔。 [8]崇祯己卯：崇祯十二年(1639)。 [9]《二十一史》：明嘉靖时校刻的史书，在宋人《十七史》之外，加宋、辽、金、元四史。[10]实录：编年史的一种体裁，专记某一皇帝统治时期的大事。[11]图经：文字外附有图画的书籍，此指附有地图的地理志。[12]《天下郡国利病书》：一百二十卷，详细记录了各地疆域、形胜、水利、兵防、物产、赋税等资

料。[13]《肇域志》：现存传钞本，不分卷，着重记述各地地理形势和山川要塞，附有地图。[14] 乾、淳：宋孝宗赵昚年号乾道（1165—1173）和淳熙（1174—1189）。[15] 薛艮斋：薛季宣（1134—1173），字士龙，号艮斋，南宋哲学家。治学讲求事功，反对空谈性命，为"永嘉学派"先声。[16] 王道夫：王自中（1134—1199），字道甫，学者称厚轩先生。倪石林：名朴，字文卿，学者称石陵先生。[17] 叶水心：叶適（1150—1223），字正则，学者称水心先生，南宋哲学家。主张功利之学，反对朱熹的性理之学，是南宋"永嘉学派"的集大成者。[18] 陈同甫：陈亮（1143—1194），字同甫，学者称龙川先生，南宋思想家，治学注重事功，反对空谈义理。[19] 永嘉、永康之学：南宋永嘉学派，创于吕祖谦，其代表人物薛季宣、陈傅良、叶適，均为永嘉（今浙江温州）人，故名。南宋永康学派，又名浙学，为永康（今属浙江）人陈亮所创立，故名。[20] 吴才老：吴棫（约1100—1104），字才老，宋代学者。著有《韵补》五卷，分古韵为九部，并提出古韵通转之说，为后来研究古韵的先驱。[21]《音学五书》：三十八卷，包括《古音表》二卷，《易音》三卷，《诗本音》十卷，《唐韵正》二十卷，《音论》三卷。[22] 金石之文：指古代在钟鼎碑碣上镌刻的文字。[23] 欧、赵、洪、王：欧阳修著有《集古录跋尾》，赵明诚著有《金石录》，洪适著有《隶释》《隶续》，王俅著有《啸堂集古录》，都是研究金石之文的著作。[24]《金石文字记》：六卷，所录汉以来碑刻凡三百余种。[25] 理学：指宋代儒家哲学思想，也称性理学、道学，多附会经义而说天人性命之理。[26] 禅学：指佛教禅宗教理，重在人心自悟。[27] 朱子：朱熹（1130—1200），字元晦，一字仲晦，号晦庵、遯翁，婺源（今属江西）人，宋代著名理学家。[28] 黄东发：黄震（1213—1280），字东发，慈溪（今属浙江）人，南宋学者，著有《黄氏日钞》九十五卷。[29] 上蔡：指谢良佐（1050—1103），程门弟子，上蔡（今属河南）人，学者称上蔡先生。横浦：指张九成（1092—1159），钱塘（今浙江杭州）人，宋代学者，著有《横浦集》，故称。象山：指陆九渊（1139—1193），字子静，自号存斋、象山翁，金溪（今属江西）人，学者称象山先生，南宋哲学家。[30] 百泉：即孙奇逢（约1584—约1675），字启泰，号钟元，容城（今属河北）人，学者称夏峰先生，明清之际儒学名士，与李颙、黄宗羲齐名，并称"清初三大儒"。二曲：即李颙（1627—1705），字中孚，号二曲，周至（今属陕西）人，学者称二曲先生，清初理学家。[31] 梨洲：即黄宗羲（1609—1695），字太冲，号南雷，余姚（今属浙江）人，学者称梨洲先生。明末清初著名思想家，朴学大师。[32]《下学指南》：一卷，主张通经致用。[33]《日知录》：三十二卷，为顾炎武"稽古所得，随时札记"的意在经世致用的著作，内容广泛，考证精详。[34] 太安人：是明清时代给朝廷命官之母或祖母的封号，此指顾炎武之母。[35] 君姑：丈夫的母亲。[36] 直指：朝廷使者。旌：表彰。[37] 国恩：指上文请旌于朝事。[38] 杨永言：字岑立，昆明人，任昆山知县。清兵至，与顾炎武、归庄、吴其沆等拒守，事败为僧。[39] 嘉定：今属上海市。吴其沆：字同初，嘉定县学生员，居昆山。顺治二年七月初六日，清兵攻陷昆山城，他抗敌守城，不屈而死。[40] 郧：郧阳，在今湖北。王永祚：曾为明郧阳巡抚、都御史，李自成入襄阳，分攻属邑，他遁走。归昆山，领导抗清义军，约同各路分攻苏州、南京、杭州及沿海各地，但因攻苏州军先溃，牵动全局而失败。[41] 夏文忠公：夏允彝。[42] 江东：指南明福王（朱由崧）政权。兵部司务：明代中央政权各部均置司务厅司务，主省署抄目，出纳文书。[43] 闽中：指南明唐王（朱聿键）政权。[44] 职方郎：为兵部属官。[45] 推官：为各府属官，专管一府刑狱。咸正：姓顾，字端木，号赧庵，昆山人，大学士顾鼎臣曾孙。为延安府推官。丙戌（顺治三年）四月，自关中归，闻唐王立于闽，草密疏，附寄舟山黄斌卿，托其转达，为逻卒所获，以告清吴淞提督吴胜兆，吴秘不发。丁亥四月，吴密谋反清，事泄失败，密疏遂发，逮至金陵，为洪承畴所杀。[46] 吴胜兆：本明将，后降清，为吴淞提督，密谋反清，事败被捕，死于狱中。[47] 裙屐：裙是下裳，屐是木鞋，六朝贵游子弟的衣着，这里指不懂政务只知逸乐的贵族子弟。[48] 行伪而坚：行为虚伪而且固执。《荀子·宥坐》载孔子诛少正卯列举五大罪状，其中两条是"行僻而坚，言伪而辩"。[49] 焦原：枯焦的大地。毒浪：比喻遭践踊。[50] 庚寅：清顺治七年（1650）。[51] 京口：今江苏镇江。[52] 禾中：即嘉禾，今浙江嘉兴。[53] 旧都：指南京。孝陵：明太祖朱元璋陵墓。[54] 癸巳：清顺治十年（1653）。[55] 神烈山：明孝陵所在之山，即南京紫金山。《明史·礼志十四》："嘉靖十年，名孝陵曰神烈山。"[56] 畿辅：京城地区，这里指南京。[57] 丁酉：清顺治十四年（1657）。[58] 通海：指与沿海一带郑成功反清义军有联系。[59] □□：此人为钱谦益。[60] 卞：急躁。[61] 曲周：在今河北。路舍人泽溥：路泽溥，路振飞长子，任中书舍人。唐王朱聿键隆武元年（清顺治二年）拜路振飞为太子太保，吏部兼兵部尚书，文渊阁大学士。明代大学士为宰相之职，因称"故相"。[62] 洞庭：山名，在江苏太湖中，有东、西二山，东山主峰为莫厘峰。[63] 松江：今属上海市。[64] 章丘：今属山东。长白山：据《济南府志》，又名会仙山，山中云气长白，跨连四县之界，在章丘东北。按王蘧常《顾亭林诗集汇注》附《诗谱》，列置田事于康熙四年（1665），云："置田舍于章丘大桑家庄。先是，章丘人谢世泰负先生资，至是以田产偿焉。"可备参考。[65] 戊戌：清顺治十五年（1658）。[66] 北都：指北京。畿甸：京城地区。[67] 山海关：今属河北。[68] 大东：指极东之地。[69] 昌平：今属北京市。[70] 长陵：明成祖（朱棣）的陵墓。昌平有明代皇帝陵墓十三座，称十三陵。[71] 会稽：今浙江绍兴。[72] 思陵：明思宗（朱由检）的陵墓。[73] 太原、大同：均属今山西。关中：古代称函谷关以西、散关以东、武关以北、萧关以南为关中，相当于今陕西。[74] 榆林：今属陕西。[75] 浙中史祸：浙江乌程人庄廷铖刊刻明史，书中流露了思明反清情绪，康熙二年(1663)清政府下令将其族人、作序人、参校者、卖书者、买书者、地方官七十余人全部诛杀。[76]吴、潘二子：指吴炎、潘柽章。[77]甲辰：清康熙三年(1664)。[78]雁门：在今山西代县北。[79]五台：在今山西。[80]马伏波：马援(前14—49)，东汉人，封伏波将军。[81]代北：代州以北，今山西北部一带。[82]丁未：清康熙六年(1667)。[83]莱：莱州，治所在今山东掖县。黄氏有奴告其主所作诗者：顾炎武佚文《与人书》："姜元衡者，莱州即墨县故兵部尚书黄公家仆黄宽之孙，黄瓒之子，本名黄元衡，揭告其主原任锦衣卫都指挥使黄培、见任浦江县黄坦、见任凤阳府推官黄贞麟等一十四人逆诗一案，于(康熙)五年六月奉旨发督抚亲审。"[84]陈济生所辑《忠义录》：顾炎武《与人书》："姜元衡揭告其主黄培、黄坦、黄贞麟等一十四人逆诗一案，事历三载，初无干涉。忽于今正月三十日抚院审时禀称：有《忠节录》即《启祯集》一书，陈济生所作，系昆山顾宁人到黄家搜辑发刻者。咨行原籍逮证。"陈济生，字皇士，长洲(今江苏苏州市)人，官至太仆寺丞，辑有《启祯诗选》(即《天启崇祯两朝遗诗》)，收入三百零七人。其凡例说："是选以人为重，人以节义为主。"[85]首：告发。[86]勘：审问。[87]李因笃：字天生，又字子德，富平(今属陕西)人。明庠生，清康熙十八年举博学鸿词，授检讨。深于经学，著《诗说》，顾炎武称之曰："毛、郑有嗣音矣。"[88]历下：今山东济南市。[89]丁巳：清康熙十六年(1677)。[90]华阴：在今陕西。[91]秦人：指关中一带的人，关中为古秦地。[92]王征君山史：王弘撰，字无异，一字山史，明诸生。清康熙十七年，以博学鸿词征，不赴。顾亭林尝寓居其家。[93]大学士：为内阁长官，起草诏令，批答奏章，实掌宰相之权。孝感：今属湖北。熊公：熊赐履(1635—1709)，清朝大臣，理学家。[94]戊午：清康熙十七年(1678)。[95]讱庵：叶方蔼，字子吉，号讱庵，昆山人。康熙十七年充《明史》总裁。[96]之死靡慝(tè 特)：至死不改变。语出《诗经·鄘风·柏舟》。[97]委禽：下聘礼。[98]东林：东林党，明万历年间由江南士大夫组成的政治集团。东林党人议论朝政，主张改革，遭到在朝权贵的嫉恨，多人受打击迫害。[99]韩文公：韩愈。苏轼称他"文起八代之衰"。八代指东汉、魏、晋、宋、齐、梁、陈、隋。[100]山斗：泰山北斗，喻因德高望重或成就卓越而为大众所敬仰的人。[101]关学：北宋唯物主义思想家张载所创理学学派。因张载长期在陕西关中地区讲学，故名。[102]横渠：指张载。张载家居横渠(今属陕西眉县)。蓝田：指吕大临。吕大临为蓝田(今属陕西)人，初学于张载，后从程颐等游，与谢良佐、游酢、杨时并称"程门四先生"。[103]刘康公：即王季子，春秋时周王朝卿士。以下引语见《左传·成公十三年》。[104]《茅鸱》：古逸诗篇名，内容讽刺不敬。据《左传·襄公二十八年》载，鲁国叔孙穆子用这首诗来讽刺齐国庆封不敬和不知礼。[105]己未：清康熙十八年(1679)。[106]伊洛：伊河，洛河，均在今河南。

[107] 嵩少：嵩山、少室山，均在今河南。[108] 五岳：中国五大名山的总称，即东岳泰山、南岳衡山、西岳华山、北岳恒山、中岳嵩山。[109] 徐尚书乾学兄弟：指徐乾学、徐元文，顾炎武外甥。[110] 思归尼父之辕：想让孔子的车驾回来。尼父，指孔子。[111] 伯鸾之灶：东汉梁鸿（伯鸾）少孤独炊，邻人先炊，让他就热灶煮食，他婉言谢绝。见《东观汉记》。[112] 犹吾大夫：春秋时代，齐国崔杼杀了国君齐庄公，陈文子避难来到别的国家，所看到的执政者都和崔杼一样，说"犹吾大夫崔子也"。语出《论语·公冶长》。[113] 未见君子：语出《诗经·召南·草虫》："未见君子，忧心忡忡。" [114] 渭川：即渭河。流经华阴县界，故以此指华阴一带。[115] 庚申：清康熙十九年(1680)。[116] 高弟：高足弟子。潘耒(1646—1708)：字次耕，又字稼堂，吴江（今属江苏）人，清代学者。[117] 兀(wù务)兀：用心勤苦的样子。[118] 云雷经纶：比喻贤才善于兼用恩泽与刑罚来治理国家。语出《易·屯》："云雷，屯，君子以经纶。"但与原意稍有不同。[119] 屯(zhūn谆)：六十四卦之一，有艰难。艰险的意思。《易·屯》："屯，刚柔始交而难生。"

黄生借书说

袁枚

黄生允修借书，随园主人[1]授以书而告之曰：书非借不能读也。子不闻藏书者乎？七略、四库[2]，天子之书，然天子读书者有几？汗牛塞屋[3]，富贵家之书，然富贵人读书者有几？其他祖父积、子孙弃者无论焉。

非独书为然，天下物皆然。非夫人之物[4]而强假焉，必虑人逼取，而惴惴焉摩玩之不已，曰："今日存，明日去，吾不得而见之矣！"若业为吾所有，必高束焉，庋藏焉，曰"姑俟异日观"云尔。

予幼好书，家贫难致。有张氏藏书甚富，往借不与，归而形诸梦，其切如是。故有所览，辄省记。通籍[5]后，俸去书来，落落[6]大满，素蟫[7]灰丝，时蒙卷轴[8]，然后叹借者之用心专，而少时之岁月为可惜也。

今黄生贫类予，其借书亦类予。惟予之公书与张氏之吝书，若不相类。然则予固不幸而遇张乎？生固幸而遇予乎？知幸与不幸，则其读书也必专，而其归书也必速。为一说，使与书俱。

[注] [1]随园主人：作者自称。作者于乾隆十三年（1752）购得江宁织造隋赫德之旧"隋织造园"，改治为随园。同年辞官后一直于此隐居。随园位于江宁（今江苏南京）小仓山。[2]七略：书目名。汉成帝命刘向、刘歆父子先后校录群书，编辑宫廷藏书，分为辑略、六艺略、诸子略、诗赋略、兵书略、术数略、方技略七部，总称"七略"，现已佚亡。班固撰《汉书·艺文志》图书分类，即基本上以七略为依据。四库：指经史子集四部内府藏书。唐玄宗于开元年间收集图籍，"以甲、乙、丙、丁为次，列经、史、子、集四库"。见《新唐书·艺文志》。[3]汗牛塞屋：即汗牛充栋，极言书籍之多。语本柳宗元《陆文通先生墓志》："其为书，处则充栋宇，出则汗牛马。"意谓书籍塞满屋子，牛马运载时累得出汗。[4]非夫(fú 扶)人之物：不是自己的东西。夫，语助词。[5]通籍：指做官。作者于乾隆四年（1739）中进士，入翰林院。籍，二尺长的竹片，上写姓名、年龄、身份等，挂在宫门口，以便进出宫门时查对。通籍是说记名于竹片上，可以出入宫门。后用以指初做官。[6]落落：多貌。《后汉书·冯衍传·自论》："冯子以为夫人之德不碌碌如玉，落落如石……"[7]素蟫(tán 谈)：蛀蚀书籍的蠹鱼，以其为银白色，故曰"素"。[8]卷轴：指书卷。古代文籍装轴卷藏。

游黄山记

袁枚

癸卯[1]四月二日，余游白岳[2]毕，遂浴黄山[3]之汤泉[4]。泉甘且冽，在悬崖[5]下。夕宿慈光寺[6]。

次早，僧告曰："从此山径仄险，虽兜笼[7]不能容。公步行良苦，幸有土人惯负客者，号海马，可用也。"引五六壮佼者来，俱手数丈布。余自笑赢老乃复作褓裸儿耶！初犹自强，至愈甚，乃缚跨其背。于是且步且负各半。行至云巢[8]，路绝矣，蹑木梯而上，万峰刺天，慈光寺已落釜底。是夕至文殊院[9]宿焉。

天雨寒甚，端午犹披重裘拥火。云走入夺舍，顷刻混沌，两人坐，辨声而已。散后，步至立雪台[10]，有古松，根生于东，身仆于西，头向于南，穿入石中，裂出石外。石似活，似中空，故能伏匿其中，而与之相化。又似畏天不敢上长，大十围，高无二尺也。他松类是者多，不可胜记。晚，云气更清，诸峰如儿孙俯伏。黄山有前、后海[11]之名。左右视，两海并见。

次日，从台左折而下，过百步云梯[12]，路又绝矣。忽见一石如大鳌鱼，张其口。不得已走入鱼口中，穿腹出背，别是一天。登丹台[13]，上光明顶[14]。与莲花[15]、天都[16]二峰为三鼎足，高相峙。天风撼人，不可立。幸松针铺地二尺厚，甚软，可坐。晚至狮林寺[17]宿焉。趁日未落，登始信峰[18]。峰有三，远望两峰夹峙，逼视之尚有一峰隐身落后。峰高且险，下临无底之溪。余立其巅，垂趾二分在外。僧惧挽之。余笑谓"坠亦无妨"。问："何也？"曰："溪无底，则人坠当亦无底，飘飘然知泊何所？纵有底，亦须许久方到，尽可须臾求活。惜未挈长绳缒精铁量之，果若干尺耳。"僧大笑。

次日登大小清凉台[19]。台下峰如笔，如矢，如笋，如竹林，如刀戟，如船上桅，又如天帝戏将武库兵仗布散地上。食顷，有白练绕树。僧喜告曰："此云铺海也。"初蒙蒙然，熔银散绵，良久浑成一片。青山群露角尖，类大盘凝脂中有笋脯矗现状。俄而离散，则万峰簇簇，仍还原形。余坐松顶，苦日炙，忽有片云起为荫遮，方知云有高下，迥非一族。薄暮往西海门[20]观落日。草高于人，路又绝矣。唤数十夫芟夷之而后行。东峰屏列，西峰插地怒起，中间鹘突数十峰，类天台琼台[21]。红日将坠，一峰以首承之，似吞似捧。余不能冠，被风掀落；不能袜，被水沃透；

不敢杖，动陷软沙；不敢仰，虑石崩压。左顾右睨，前探后瞩，恨不能化千亿身，逐峰皆到。当海马负时，捷若猱猿，冲突急走，千万山亦学人奔，状如潮涌。俯视深坑、怪峰，在脚底相待。倘一失足，不堪置想。然事已至此，惴栗无益。若禁缓之，自觉无勇。不得已，托孤寄命[22]，凭渠所往，觉此身便已羽化。《淮南子》有"胆为云"之说[23]，信然。

初九日，从天柱峰[24]后转下，过白沙矼，至云谷[25]。家人以肩舆相迎。计步行五十馀里，入山凡七日。

【注】　[1] 癸卯：此指清乾隆四十八年(1783)。[2] 白岳：即白岳岭，在安徽休宁县西，为齐云山组成部分。这里奇峰四起，山路盘回，山势险峻。[3] 黄山：原称黟山，唐代改名黄山，因传说黄帝在此修身炼丹，故名。位于安徽歙县、太平、休宁、黟县间，方圆二百五十公里。这里山势奇险，云雾缥缈，苍松枝虬，怪石密布，温泉喷涌，为著名风景区。[4] 汤泉：古名朱砂泉，在黄山紫云峰下。相传黄帝在此浴后白发变黑，返老还童，被誉为"灵泉"。[5] 悬崖：即悬崖。此指紫云峰。[6] 慈光寺：在黄山南部朱砂峰下。古称朱砂庵。明万历皇帝敕封"护国慈光寺"，盛极一时。[7] 兜笼：即兜子，一种只有座位而没有轿厢的便轿。[8] 云巢：即云巢洞。[9] 文殊院：在天都、莲花二峰之间。后有玉屏峰。传为明万历年间普门和尚所构建。院左侧下方有文殊池。前有一线天、文殊洞，西有立雪台等。[10] 立雪台：参见注[9]。[11] 前、后海：指光明顶前后两处云海绝妙的风景。[12] 百步云梯：地名，险峻山路。《徐霞客游记》描写它"梯磴插天，足趾及腮，而磴石倾侧硗研，兀兀欲动"。[13] 丹台：即炼丹台。在黄山中部炼丹峰前。传说浮丘公为黄帝炼丹于此。[14] 光明顶：在黄山中部，黄山三大主峰之一，为看日出、观云海的最佳处。[15] 莲花：莲花峰，在黄山中部，黄山三大主峰之一，主峰突出，小峰簇拥，宛若怒放的莲花。[16] 天都：天都峰，在黄山东南部，黄山三大主峰之一，山势最为险峻，古称"群山所都"，意谓天上都会。[17] 狮林寺：在黄山北部狮子峰上。[18] 始信峰：在黄山东部。传一古人持怀疑态度游山，到此始信黄山可爱，故名。有石笋峰、上升峰左右陪衬，成鼎足之势。[19] 清凉台：原名法台，在狮子峰腰部，是黄山后山观云海和日出的最佳处。[20] 西海门：在狮子峰、石鼓峰西的悬崖峭壁处，在此可凭眺西海群峰与落日奇观。[21] 天台琼台：在浙江天台县。琼台形似马鞍，下临龙潭，三面绝壁，孤峰卓立。[22] 托孤寄命：以后代与生命相托。《论语·泰伯》："可以托六尺之孤，可以寄百里之命。"[23] 《淮南子》有"胆为云"之说："胆为云"见《淮南子·精神训》。高诱注："胆，金也。金石云气之所出，故为云。" [24] 天柱峰：在安徽潜山县西北。其形状如柱倚天，故名。[25] 云谷：在黄山钵盂峰下，溪谷蜿蜒，云雾吞吐，有云谷寺。

祭妹文

袁枚

乾隆丁亥[1]冬，葬三妹素文[2]于上元之羊山[3]，而奠以文曰：

呜呼！汝生于浙而葬于斯，离吾乡七百里矣。当时虽觭梦[4]幻想，宁知此为归骨所耶！

汝以一念之贞[5]，遇人仳离[6]，致孤危托落[7]。虽命之所存，天实为之；然而累汝至此者，未尝非予之过也。予幼从先生授经，汝差肩而坐，爱听古人节义事；一旦长成，遽躬蹈之。呜呼！使汝不识诗书，或未必艰贞若是。

予捉蟋蟀，汝奋臂出其间；岁寒虫僵，同临其穴[8]。今予殓汝葬汝，而当日之情形，憬然赴目。予九岁憩书斋，汝梳双髻，披单缣来，温《缁衣》[9]一章。适先生奓户[10]入，闻两童子音琅琅然，不觉莞尔，连呼则则[11]。此七月望日事也。汝在九原[12]，当分明记之。予弱冠粤行[13]，汝掎裳[14]悲恸。逾三年，予披宫锦还家[15]，汝从东厢扶案出，一家瞠视而笑，不记语从何起，大概说长安登科[16]，函使报信迟早云尔。凡此琐琐，虽为陈迹，然我一日未死，则一日不能忘。旧事填膺，思之凄梗，如影历历，逼取便逝。悔当时不将嫛婗[17]情状，罗缕纪存[18]。然而汝已不在人间，则虽年光倒流，儿时可再，而亦无与为证印者矣。

汝之义绝[19]高氏而归也，堂上阿奶[20]，仗汝扶持，家中文墨，眹[21]汝办治。尝谓女流中最少明经义、谙雅故者，汝嫂非不婉嫕[22]，而于此微缺然。故自汝归后，虽为汝悲，实为予喜。予又长汝四岁，或人间长者先亡，可将身后托汝，而不谓汝之先予以去也。前年予病，汝终宵刺探，减一分则喜，增一分则忧。后虽小差，犹尚殗殜[23]，无所娱遣，汝来床前，为说稗官野史可喜可愕之事，聊资一欢。呜呼！今而后，吾将再病，教从何处呼汝耶？

汝之疾也，予信医言无害，远吊扬州。汝又虑戚吾心，阻人走报。及至绵惙[24]已极，阿奶问："望兄归否？"强应曰："诺！"予已先一日梦汝来诀，心知不祥，飞舟渡江。果予以未时还家，而汝以辰时气绝。四支犹温，一目未瞑，盖犹忍死待予也。呜呼痛哉！早知诀汝，则予岂肯远游？即游，亦尚有几许心中言，要汝知闻，共汝筹画也！而今已矣！除吾死外，当无见期。吾又不知何日死，可以见汝；而死后之有知无知，与得见不得见，又卒难明也。然则抱此无涯之憾，

天乎人乎！而竟已乎！

汝之诗，吾已付梓[25]；汝之女，吾已代嫁；汝之生平，吾已作传[26]；惟汝之窀穸[27]，尚未谋耳。先茔在杭，江广河深，势难归葬，故请母命而宁汝于斯，便祭扫也。其旁葬汝女阿印[28]，其下两冢，一为阿爷侍者[29]朱氏，一为阿兄侍者[30]陶氏。羊山旷渺，南望原隰[31]，西望栖霞[32]，风雨晨昏，羁魂有伴，当不孤寂。所怜者，吾自戊寅年读汝哭侄诗[33]后，至今无男[34]；两女牙牙[35]，生汝死后，才周晬[36]耳。予虽亲在未敢言老[37]，而齿危发秃，暗里自知，知在人间，尚复几日？阿品远官河南[38]，亦无子女[39]，九族[40]无可继者。汝死我葬，我死谁埋！汝倘有灵，可能告我？

呜呼！身前既不可想，身后又不可知；哭汝既不闻汝言，奠汝又不见汝食。纸灰飞扬，朔风野大，阿兄归矣，犹屡屡回头望汝也。呜呼哀哉！呜呼哀哉！

[注] [1]乾隆丁亥：清高宗乾隆三十二年(1767)。[2]素文：名机，字素文，别号青琳居士。据袁枚《女弟素文传》，袁机于"乾隆二十四年(1759)十一月死，年四十。[3]上元：县名，在今南京市。羊山：在今南京市东。[4]齎(jī基)梦：做梦，得梦。《周礼·春官·大卜》："二曰齎梦"。郑玄注："言梦之所得。"[5]一念之贞：据《女弟素文传》：袁机不满周岁即许给如皋高氏子。十余年后高氏因其子不肖，曾提出解除婚约，但袁机却囿于"从一而终"的封建礼教，终于与"有禽兽行"的高氏子成婚，而造成终身不幸。此即所谓"一念之贞"。[6]仳(pǐ匹)离：《诗经·王风·山谷有蓷》："有女仳离，慨其叹矣。"指妇女被遗弃而离去。[7]孤危：孤独危殆。托落：同"落拓"，寂寞、冷落。[8]临其穴：《诗·秦风·黄鸟》："临其穴，惴惴其栗。"此指到埋葬蟋蟀处凭吊。[9]《缁衣》：《诗·郑风》篇名。[10]䎞(zhà诈)户：开门。[11]则则：即"啧啧"，赞叹声。[12]九原：墓地。原为春秋时晋国卿大夫的墓地名，后为泛指。[13]弱冠粤行：指乾隆元年(1736)春，作者二十一岁时，经广东去广西桂林看望在广西巡抚金铁幕中的叔父袁鸿之行。弱冠，古代男二十岁行冠礼，表示已成年。[14]掎(jǐ挤)裳：拉着衣裳。[15]披宫锦还家：指乾隆四年(1739)作者中进士，授翰林院庶吉士，冬请假回乡与王氏完婚。披宫锦，唐代进士及第后，披宫袍以示荣耀。后遂称中进士为"披宫锦"。[16]长安登科：指在北京考中进士。长安，代指国都。[17]婴婗(yī ní医尼)：婴儿。此指幼年。[18]罗缕纪存：有条理地记录保存。[19]义绝：断绝关系。据《女弟素文传》，素文嫁高氏子后，屡遭毒打，甚至要被丈夫卖掉抵赌债，乃逃回娘家，与丈夫离婚。[20]阿奶：指作者母亲章氏。《博雅》："楚人呼母曰奶。"[21]睃(shùn舜)：以目示意。[22]婉嫕(yì意)：柔顺。[23]淹

殜（yè dié 夜殜）：病情不甚严重，可半卧半坐。[24] 绵惙(chuò 龊)：病情危急。[25] 付梓：付印。梓，刻字印刷的板子。袁枚将袁机的诗刻印，名《素文女子遗稿》。[26] 作传：指袁枚所作《女弟素文传》，见《小仓山房文集》卷七。[27] 窀穸(zhūn xī 谆夕)：墓穴。[28] 阿印：素文有两女，一名阿印，早死；一由袁枚安排出嫁。[29] 阿爷侍者：指作者父亲袁滨的侍妾。[30] 阿兄侍者：指袁枚的侍妾。[31] 原隰（xí 席）：平原低洼之地。[32] 栖霞：山名。在今南京市东北。[33] 戊寅年：乾隆二十三年(1758)。哭侄诗：袁枚丧子，素文作诗《阿兄得子不举》以悼之。[34] 至今无男：指写此文时尚无儿子。两年后妾钟氏生子名阿迟。[35] 两女：指作者的双生女儿，钟氏所生。牙牙：婴儿学话声。[36] 周晬(zuì 最)：周岁。[37] 亲在未敢言老：《礼记·曲礼上》："夫为人子者，出必告，反必面，所游必有常，所习必有业。恒言不称老。"此指母亲尚健在自己不敢称老。时作者六十一岁。[38] 阿品远官河南：指作者堂弟袁树时任河南正阳知县。阿品当为其小名。[39] 亦无子女：写此文时袁树还无子女。后来生子名阿通。[40] 九族：本身以上的父、祖、曾祖、高祖和本身以下的子、孙、曾孙、玄孙，连同本身在内，合称九族。

与余存吾太史书

纪昀

昀再拜启，存吾太史阁下：承示《戴东原[1]事略》，具见表章古学之深心，所举著书大旨，亦具得作者本意。惟中有一条，略须商榷。

东原与昀交二十馀年，主昀家前后几十年，凡所撰录，不以昀为弇陋，颇相质证，无不犁然[2]有当于心者。独《声韵考》[3]一编，东原计昀必异论，竟不谋而付刻。刻成昀乃见之，遂为平生之遗憾。

盖东原研究古义，务求精核，于诸家无所偏主。其坚持成见者，则在不使外国之学胜中国，不使后人之学胜古人。故于等韵之学[4]，以孙炎[5]反切为鼻祖，而排斥神珙反纽为元和[6]以后之说。夫神珙为元和中人，固无疑义，然《隋书·经籍志》明载梵书以十四字贯一切音[7]，汉明帝时与佛经同入中国，实在孙炎以前百馀年。且《志》为唐人所撰，远有端绪，非宋以后臆揣者比，安得以等韵之学归诸神珙，反谓为孙炎之末派旁支哉！东原博极群书，此条不应不见；昀尝举此条诘东原，东原亦不应不记。而刻是书时仍讳而不言，务伸己说，遂类西河毛[8]氏之所为，是亦通人之一蔽也。

若姑置此书不言，而括其与江慎修[9]论古音者为一条，则东原平生著作遂粹然无瑕，似亦爱人以德之一端。昀于东原交不薄，尝自恨当时不能与力争，失朋友规过之义。故今日特布腹心于左右，祈刊改此条，勿彰其短，以尽平生相与之情。刍荛之言，是否可采，惟高明详裁之。

[注] [1]戴东原：戴震，字东原，安徽休宁人，清代著名思想家、学者。少年时问学于江永（慎修）。深通天文、历算、史地、音韵、训诂、考据等，对经学、语言学有卓越贡献，一生著述甚多。 [2]犁然：坚确貌。《庄子·山木》："木声与人声，犁然有当于人之心。" [3]《声韵考》：戴震著，共四卷。 [4]等韵之学：中国古代研究汉语发音原理、发音方法和音韵结构的学科。 [5]孙炎：三国魏人，字叔然，郑玄弟子。撰《尔雅音义》八卷，《隋书·经籍志》著录。颜之推《颜氏家训·音辞》谓"孙叔言（然）创《尔雅音义》，是汉末人独知反语（即反切）"。而清人郝懿行云：反语非起于孙炎，郑玄、服虔、应劭年辈皆大于孙炎，并解作反语，具见《仪礼》《汉书注》，可考而知。反语古来有之，盖自孙炎始畅其说，

而后世因谓孙炎作之。[6] 神珙：唐时僧人，著有《四声五音九弄反纽图》（见钱大昕《潜研堂文集·答问十二》）。元和：唐宪宗年号(806—820)。[7] 十四字贯一切音：通行于东汉至六朝间的一种梵、汉字音对照方法，来源于佛经（梵书）。按即十四个元音字母。[8] 西河毛氏：即毛奇龄，字大可，号初晴，人称西河先生，浙江萧山人。著有《古今通韵》等。[9] 江慎修：即江永，字慎修，江西婺源人。经学家，音韵学家。著有《古韵标准》《音学辨微》《四声切韵表》等。

《鸣机夜课图》记

蒋士铨

吾母姓钟氏，名令嘉，字守箴，出南昌名族，行[1]九。幼与诸兄从先外祖滋生公读书，十八归先府君[2]。时府君年四十馀，任侠好客，乐施与，散数千金，囊箧萧然，宾从辄满座。吾母脱簪珥，治酒浆，盘罍间未尝有俭色[3]。越二载，生铨，家益落。历困苦穷乏，人所不能堪者，吾母怡然无愁蹙状，戚党[4]人争贤之。府君由是得复游燕、赵[5]间，而归吾母及铨，寄食外祖家。

铨四龄，母日授四子书[6]数句。苦儿幼不能执笔，乃镂竹枝为丝，断之，诘屈作波磔点画[7]，合而成字，抱铨坐膝上教之。既识，即拆去。日训十字，明日令铨持竹丝合所识字，无误乃已。至六龄，始令执笔学书。

先外祖家素不润[8]，历年饥，大凶[9]，益窘乏。时铨及小奴[10]衣服冠履，皆出于母。母工纂绣组织[11]，凡所为女红，令小奴携于市，人辄争购之。以是铨及小奴无褴褛状。

先外祖长身白髯，喜饮酒。酒酣，辄大声吟所作诗，令吾母指其疵。母每指一字，先外祖则满引一觥；数指之后，乃陶然捋须大笑，举觞自呼曰："不意阿丈[12]乃有此女！"既而摩铨顶曰："好儿子！尔他日何以报尔母？"铨稚，不能答，投母怀，泪涔涔下。母亦抱儿而悲，檐风几烛，若愀然助人以哀者。

记母教铨时，组绁绩[13]纺之具，毕陈左右，膝置书，令铨坐膝下读之。母手任操作，口授句读，咿唔[14]之声，与轧轧[15]相间。儿怠，则少加夏楚[16]，旋复持儿而泣曰："儿及此不学，我何以见汝父！"至夜分寒甚，母坐于床，拥被覆双足，解衣以胸温儿背，共铨朗诵之。读倦，睡母怀。俄而母摇铨曰："可以醒矣！"铨张目视母面，泪方纵横落，铨亦泣。少间，复令读。鸡鸣卧焉。诸姨尝谓母曰："妹一儿也，何苦乃尔？"对曰："子众可矣！儿一，不肖，妹何托焉？"

庚戌[17]，外祖母病且笃，母侍之，凡汤药饮食，必亲尝之而后进。历四十昼夜，无倦容。外祖母濒危，泣曰："女本弱，今劳瘁过诸兄，惫矣。他日婿归，为我言：'我死无恨，恨不见女子成立。'其善诱之！"语讫而卒。母哀毁骨立[18]，水浆不入口者七日。闾党姻娅[19]，一时咸以孝女称，至今弗衰也。

84

铨九龄，母授以《礼记》《周易》《毛诗》，皆成诵。暇更录唐、宋人诗，教之为吟哦声。母与铨皆弱而多病。铨每病，母即抱铨行一室中，未尝寝；少痊，辄指壁间诗歌，教儿低吟之以为戏。母有病，铨则坐枕侧不去。母视铨，辄无言而悲。铨亦凄楚依恋之。尝问曰："母有忧乎？"曰："然。""然则何以解忧？"曰："儿能背诵所读书，斯[20]解也！"铨诵声琅琅然，争药鼎沸。母微笑曰："病少差[21]矣。"由是母有病，铨即持书诵于侧，而病辄能愈。

　　十岁，父归，越一载，复携母及铨，偕游燕、赵、秦、魏、齐、梁、吴、楚间。先府君苟有过，母必正色婉言规[22]。或怒，不听，则必屏息，俟怒少解，复力争之，听而后止。先府君每决大狱，母辄携儿立席前曰："幸以此儿为念！"府君数颔[23]之。先府君在客邸，督铨学甚急，稍息，即怒而弃之，数日不及一言。吾母垂涕扑之，令跪读至熟乃已，未尝倦也。铨故不能荒于嬉，而母教亦益是以严。

　　又十载归，卜居于鄱阳[24]，铨年且二十。明年娶妇张氏，母女视之[25]，训以纺绩织纴事，一如教儿时。铨年二十有二，未尝去母前，以应童子试[26]，归铅山[27]，母略无离别可怜之色。旋补弟子员[28]。明年丁卯[29]，食廪饩[30]。秋，荐于乡[31]。归拜母，母色喜。依膝下廿日，遂北行。母念儿辄有诗，未一寄也。明年落第，九月归。十二月，先府君即世[32]，母哭，濒死者十馀次。自为文祭之，凡百馀言，朴婉沉痛，闻者无亲疏老幼，皆呜咽失声。时行年四十有三也。

　　己巳[33]，有南昌老画师游鄱阳，八十馀，白发垂耳，能图人状貌。铨延之为母写小像，因以位置景物请于母，且问："母何以行乐，当图之以为娱。"母愀然曰："呜呼！自为蒋氏妇，常以不及奉舅姑盘匜[34]为恨，而处忧患哀恸间数十年，凡哭父，哭母，哭儿，哭女夭折，今且哭夫矣。未亡人[35]欠一死耳，何乐为！"铨跪曰："虽然，母志有乐得未致者[36]，请寄斯图也，可乎？"母曰："苟吾儿及新妇能习于勤，不亦可乎！鸣机夜课[37]，老妇之愿足矣，乐何有焉[38]？"铨于是退而语画士，乃图秋夜之景：虚堂四敞，一灯荧荧，高梧萧疏，影落檐际。堂中列一机，画吾坐而织之，妇执纺车坐母侧；檐底横列一几，剪烛自照，凭画栏而读者，则铨也。阶下假山一，砌花[39]盆兰，婀娜相倚，动摇于微风凉月之中。其童子蹲树根捕促织为戏，及垂短发持羽扇煮茶石上者，则奴子阿童、小婢阿昭。图成，母视之而欢。

　　铨谨按吾母生平勤劳，为之略，以进求诸大人先生之立言[40]而与人为善者。

[注] [1] 行（háng杭）：排行。[2] 归：出嫁。先：称已死的尊长。府君：此指父亲。[3] 罍（léi雷）：酒杯。盘罍：借指酒菜。俭色：吝啬貌。[4] 戚党：亲族。[5] 燕、赵：春秋战国时的燕、赵之地，此泛指北国。[6] 四子书：即《论语》《孟子》《大学》《中庸》四书。[7] 波磔（zhé折）点画：指汉字各种基本笔画。[8] 润：富裕。[9] 大凶：灾荒。[10] 小奴：尚未成年的仆人。[11] 纂（zuǎn）绣组织：指刺绣纺织。[12] 阿丈：对年老男子的尊称。此为作者外祖自称。[13] 组：阔带，此指织带。纫(xún寻)：圆形细带，此指搓绳。绩：析麻搓绳。[14] 咿唔：幼儿读书声。[15] 轧（yà亚）轧：纺机转动声。[16] 夏（jiǎ假）楚：榎木和荆条，均为古代用作笞罚的工具。[17] 庚戌：清雍正八年（1730）。[18] 哀毁骨立：由于过分悲伤而容貌憔悴，削瘦以致骨头突出。[19] 间党：邻居。姻娅：亲戚。[20] 斯：则，乃。[21] 差：同"瘥"(chài)，病愈。[22] 规：规劝。[23] 颔（hàn旱）：下巴。此指点头同意。[24] 鄱阳：今江西波阳。[25] 女视之：待之如亲生女。[26] 童子试：考秀才。[27] 铅山：县名，在今江西境内。[28] 补弟子员：补上生员的资格，即成为县学生员，又称秀才。[29] 丁卯：清乾隆十二年（1747）。[30] 廪饩(lǐn xì凛戏)：粮仓中的粮食，特指由官府供给粮食。明清两代有廪膳成员，即岁考优良者，由政府按时发放银子粮食以补助生活。[31] 荐于乡：乡试成绩优良而被举荐，即考中举人。[32] 即世：去世。[33] 己巳：清乾隆十四年（1749）。[34] 舅姑：公婆。匜(yí怡)：盥洗时舀水用的瓢状器具。[35] 未亡人：寡妇的代称。[36] 乐得未致者：喜欢而尚未获得的东西。[37] 鸣机夜课：夜晚边纺织边督促孩子读书。[38] 乐何有焉：还有什么能比这更快乐呢。[39] 砌花：台阶上的花。[40] 立言：著书立说。

弈喻

钱大昕

予观弈于友人所,一客数败,嗤其失算,辄欲易置之[1],以为不逮己也。顷之,客请与予对局,予颇易之[2]。甫下数子,客已得先手。局将半,予思益苦,而客之智尚有馀。竟局数之,客胜予十三子,予赧甚,不能出一言。后有招予观弈者,终日默坐而已。

今之学者,读古人书,多訾古人之失;与今人居,亦乐称人失。人固不能无失,然试易地以处,平心而度之,吾果无一失乎?吾能知人之失而不能见吾之失,吾能指人之小失而不能见吾之大失。吾求吾失且不暇,何暇论人哉!弈之优劣有定也,一著之失,人皆见之,虽护前[3]者不能讳也。理之所在,各是其所是,各非其所非,世无孔子,谁能定是非之真?然则人之失者未必非得也,吾之无失者未必非大失也,而彼此相嗤无有已时,曾[4]观弈者之不若已。

[注] [1]易置之:代其下棋子,改变他人下棋的路数。易,变易、取代。[2]易之:轻视他,以为赢他很容易。[3]护前:袒护所为,绝不认错。[4]曾:乃。

岳飞

毕沅

　　飞事亲至孝，家无姬侍。吴玠[1]素服飞，愿与交欢，饰名姝遗之，飞曰："主上宵旰[2]，宁大将安乐时耶！"却不受。玠大叹服。或问："天下何时太平？"飞曰："文臣不爱钱，武臣不惜死，天下太平矣！"师每休舍，课将士注坡跳壕[3]，皆重铠以习之。卒有取民麻一缕以束刍者，立斩以徇。卒夜宿，民开门愿纳，无敢入者。军号"冻死不拆屋，饿死不掳掠"。卒有疾，亲为调药。诸将远戍，飞妻问劳其家；死事者，哭之而育其孤。有颁犒，均给军吏，秋毫无犯。善以少击众。凡有所举，尽召诸统制[4]，谋定而后战，故所向克捷。猝遇敌不动。故敌为之语曰："撼山易，撼岳家军难。"张俊尝问用兵之术，飞曰："仁，信，智，勇，严，阙一不可。"每调军食，必蹙额曰："东南民力竭矣！"好贤礼士，雅歌投壶，恂恂如儒生。每辞官，必曰："将士效力，飞何功之有！"

　　[注]　[1]吴玠（1093—1139）：南宋名将，善骑射，北宋末年从军，屡破金军。官至四川宣抚使。　[2]宵旰(gàn)："宵衣旰食"的略语。天不亮就穿衣起身，天晚了才吃饭。用来称颂帝王勤于政事。　[3]注坡：谓从斜坡上急驰而下，与"跳壕"同为当时军事训练科目。　[4]统制：南宋军官名，隶属于都统制。

《古文辞类纂》序

姚鼐

　　鼐少闻古文法于伯父薑坞[1]先生及同乡刘耕南[2]先生,少究其义,未之深学也。其后游宦数十年,益不得暇,独以幼所闻者,置之胸臆而已。乾隆四十年,以疾请归,伯父前卒,不得见矣。刘先生年八十,犹善谈说,见则必论古文。后又二年,余来扬州,少年或从问古文法。

　　夫文无所谓古今也,惟其当而已。得其当,则六经至于今日,其为道也一。知其所以当,则于古虽远,而于今取法,如衣食之不可释;不知其所以当,而敝弃于时,则存一家之言,以资来者,容有俟焉。

　　于是以所闻习者,编次论说为《古文辞类纂》。其类十三,曰:论辨类、序跋类、奏议类、书说类、赠序类、诏令类、传状类、碑志类、杂记类、箴铭类、颂赞类、辞赋类、哀祭类。一类内而为用不同者,别之为上下编云。

　　论辨类者,盖原于古之诸子,各以所学著书诏后世。孔孟之道与文,至矣。自老、庄[3]以降,道有是非,文有工拙。今悉以子家不录,录自贾生[4]始。盖退之[5]著论,取于六经、孟子;子厚[6]取于韩非、贾生;明允杂以苏、张之流[7];子瞻[8]兼及于《庄子》。学之至善者,神合焉;善而不至者,貌存焉。惜乎!子厚之才,可以为其至,而不及至者,年为之也[9]。

　　序跋类者,昔前圣作《易》,孔子为作《系辞》《说卦》《文言》《序卦》《杂卦》[10]之传,以推论本原,广大其义。《诗》《书》皆有《序》,而《仪礼》篇后有《记》,皆儒者所为。其馀诸子,或自序其意,或弟子作之,《庄子·天下》篇、《荀子》末篇,皆是也。余撰次古文辞,不载史传,以不可胜录也。惟载太史公、欧阳永叔[11]表志叙论数首,序之最工者也。向、歆[12]奏校书各有序,世不尽传,传者或伪,今存子政[13]《战国策序》一篇,著其概。其后目录之序,子固[14]独优已。

　　奏议类者,盖唐、虞、三代圣贤陈说其君之辞,《尚书》具之矣。周衰,列国臣子为国谋者,谊忠而辞美,皆本谟诰[15]之遗,学者多诵之。其载《春秋》内外传[16]者不录,录自战国以下。汉以来有表、奏、疏、议、上书、封事之异名,其实一类。惟对策虽亦臣下告君之辞[17],而其体少别,故置之下编。两苏应制

举[18]时所进时务策，又以附对策之后。

书说类者，昔周公之告召公，有《君奭》[19]之篇。春秋之世，列国士大夫或面相告语，或为书相遗，其义一也。战国说士，说其时主，当委质为臣，则入之奏议；其已去国，或说异国之君，则入此编。

赠序类者，老子曰："君子赠人以言。"颜渊、子路之相违，则以言相赠处[20]。梁王觞诸侯于范台，鲁君择言[21]而进，所以致敬爱、陈忠告之谊也。唐初赠人，始以序名，作者亦众。至于昌黎，乃得古人之意，其文冠绝前后作者。苏明允之考名序，故苏氏讳序，或曰引，或曰说。今悉依其体，编之于此。

诏令类者，原于《尚书》之《誓诰》。周之衰也，文诰犹存。昭王制，肃强侯，所以悦人心而胜于三军[22]之众，犹有赖焉。秦最无道，而辞则伟。汉至文、景，意与辞俱美矣，后世无以逮之。光武以降，人主虽有善意，而辞气何其衰薄也！檄令皆谕下之辞，韩退之《鳄鱼文》，檄令类也，故悉附之。

传状类者，虽原于史氏，而义不同。刘先生[23]云："古之为达官名人传者，史官职之。文士作传，凡为圬者、种树[24]之流而已。其人既稍显，即不当为之传，为之行状，上史氏而已。"余谓先生之言是也。虽然，古之国史立传，不甚拘品位，所纪事犹详。又实录书人臣卒，必撮序其平生贤否。今实录不纪臣下之事，史馆凡仕非赐谥及死事者，不得为传。乾隆四十年，定一品官乃赐谥。然则史之传者，亦无几矣。余录古传状之文，并纪兹义，使后之文士得择之。昌黎《毛颖传》，嬉戏之文，其体传也，故亦附焉。

碑志类者，其体本于诗。歌颂功德，其用施于金石。周之时有石鼓刻文[25]，秦刻石于巡狩所经过，汉人作碑文又加以序，序之体，盖秦刻琅邪[26]具之矣。茅顺甫[27]讥韩文公碑序异史迁，此非知言。金石之文，自与史家异体。如文公作文，岂必以效司马氏为工耶？志者，识也。或立石墓上，或埋之圹中，古人皆曰志。为之铭者，所以识之之辞也。然恐人观之不详，故又为序。世或以石立墓上曰碑曰表，埋乃曰志，及分志铭二之，独呼前序曰志者，皆失其义。盖自欧阳公不能辨矣。墓志文，录者犹多，今别为下编。

杂记类者，亦碑文之属。碑主于称颂功德，记则所纪大小事殊，取义各异，故有作序与铭诗全用碑文体者，又有为纪事而不以刻石者。柳子厚纪事小文，或谓之序，然实记之类也。

箴铭类者，三代以来有其体矣，圣贤所以自戒警之义，其辞尤质而意尤深。

若张子[28]作《西铭》，岂独其理之美耶，其文固未易几也。

颂赞类者，亦《诗》颂之流，而不必施之金石者也。

辞赋类者，风雅之变体也。楚人最工为之，盖非独屈子[29]而已。余尝谓《渔父》，及楚人以弋说襄王、宋玉对王问遗行，皆设辞无事实，皆辞赋类耳。太史公、刘子政不辨，而以事载之，盖非是。辞赋固当有韵，然古人亦有无韵者。以义在托讽，亦谓之赋耳。汉世校书有《辞赋略》[30]，其所列者甚当。昭明太子[31]《文选》，分体碎杂，其立名多可笑者。后之编集者，或不知其陋而仍之。余今编辞赋，一以汉《略》[32]为法。古文不取六朝[33]人，恶其靡[34]也。独辞赋则晋宋人犹有古人韵格存焉。惟齐梁以下，则辞益俳而气益卑，故不录耳。

哀祭类者，诗有颂，风有《黄鸟》《二子乘舟》，皆其原也。楚人之辞至工，后世惟退之、介甫[35]而已。

凡文之体类十三，而所以为文者八，曰：神、理、气、味、格、律、声、色。神、理、气、味者，文之精也；格、律、声、色者，文之粗也。然苟舍其粗，则精者亦胡以寓焉。学者之于古人，必始而遇其粗，中而遇其精，终则御其精者而遗其粗者。文士之效法古人莫善于退之，尽变古人之形貌，虽有摹拟，不可得而寻其迹也。其他虽工于学古而迹不能忘，扬子云[36]、柳子厚于斯盖尤甚焉，以其形貌之过于似古人也。而遽摈之，谓不足与于文章之事，则过矣。然遂谓非学者之一病，则不可也。

乾隆四十四年秋七月桐城姚鼐纂集序目。

[注] [1] 姜坞：姚范，字南菁，号姜坞，乾隆六年(1741)进士。作者姚鼐是姚范之弟姚淑之子。 [2] 刘耕南：刘大櫆，字才甫，一字耕南，号海峰。方苞弟子。在桐城派古文家中，上承方苞义法理论，下开姚鼐文章精粗途辙。[3] 老、庄：老子、庄子。[4] 贾生：指西汉文学家贾谊。[5] 退之：唐文学家韩愈的字。 [6] 子厚：唐文学家柳宗元的字。 [7] 明允：宋文学家苏洵的字。苏、张之流：指苏秦、张仪等纵横家。 [8] 子瞻：宋文学家苏轼的字。 [9] 年为之也：寿命限制的缘故。按：柳宗元四十七岁卒。姚鼐认为由于早逝，其文未臻至境，作品中有向古人学习的形迹。[10]《系辞》《说卦》《文言》《序卦》《杂卦》：都是《周易》的注释、辅助读物，从司马迁以来，都认为是孔子所作。传：经书的解释。[11] 太史公：指司马迁。欧阳永叔：宋文学家欧阳修。[12] 向、歆：刘向、刘歆。汉成帝时，使刘向校中秘之书。每一书就，向辄撰为一录，论其指归，辨其讹谬，叙而奏之。向卒后，哀帝使其子歆嗣父之业，

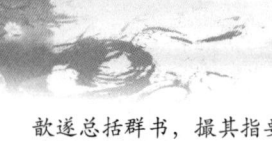

歆遂总括群书，撮其指要，著为《七略》。[13] 子政：刘向的字。[14] 子固：宋文学家曾巩的字。[15] 谟诰：《尚书》中有《皋陶谟》《康王之诰》等篇。[16]《春秋》内外传：内传即《左传》，外传即《国语》。[17] 表、奏、疏、议、上书、封事：皆臣下主动提出的对时务的意见。对策：臣下就皇帝提出的关于经义、时事的问题做出的回答。[18] 两苏：苏轼、苏辙。制举：唐宋科举制，有岁举与制举之分，岁举是长年贡举，制举为皇帝自诏选拔。[19] 书说：信叫书，当面谈话叫说。《君奭》：《尚书序》认为周公、召公同为成王相，召公不满，周公作《君奭》告召公。[20] 赠处：《礼记·檀弓下》：子路去鲁，谓颜渊曰："何以赠我？"颜答后又问子路："何以处我？"[21] 梁王：梁惠王魏婴。宴请诸侯于范台事见《战国策·魏策二》。择言：选择恰当的言辞。[22] 三军：周代天子六军，大国诸侯三军。[23] 刘先生：指刘大櫆。[24] 圬者：指韩愈为之作传的泥瓦工王承福。种树：指柳宗元为之作传的种树人郭橐驼。[25] 石鼓刻文：即《石鼓文》，相传为周宣王时作。[26] 秦刻琅邪：秦始皇多次东巡，登临之地都刻石纪颂统一天下的功业，《琅邪刻石》即其中之一。[27] 茅顺甫：明散文家茅坤。[28] 张子：指北宋哲学家张载。[29] 屈子：屈原。[30]《辞赋略》：当是《诗赋略》。刘歆继其父刘向整理汉朝中央藏书，校奏《七略》，其中之一为《诗赋略》。[31] 昭明太子：萧统，曾编选《文选》。[32] 汉《略》：即《七略》。[33] 六朝：指晋、宋、齐、梁、陈、隋。[34] 靡：纤丽少气骨。[35] 介甫：宋王安石。[36] 扬子云：汉文学家扬雄。

左仲郛浮[1]渡诗序

姚鼐

江水既合彭蠡[2]，过九江[3]而下，折而少北，益漫衍浩汗，而其西自寿春、合肥以傅淮阴[4]，地皆平原旷野，与江淮[5]极望，无有瑰伟幽邃之奇观。独吾郡潜、霍、司空、龙眠[6]、浮渡，各以其胜出名于三楚[7]。而浮渡濒江倚原，登陟者无险峻之阻，而幽深奥曲，览之不穷。是以四方来而往游者，视他山为尤众。然吾闻天下山水，其形势皆以发天地之秘，其情性阖辟[8]，常隐然与人心相通，必有放志形骸之外，冥合于万物者，乃能得其意焉。今以浮渡之近人，而天下往游者之众，则未知旦暮而历者，几皆能得其意，而相遇于眉睫间耶？抑令其意抑遏幽隐榛莽土石之间，寂历空濛，更数千百年，直寄焉以有待而后发耶？余尝疑焉，以质之仲郛。仲郛曰："吾固将往游焉，他日当与君俱。"余曰："诺。"及今年春，仲郛为人所招邀而往，不及余。迨其归，出诗一编，余取观之，则凡山之奇势异态，水石摩荡，烟云林谷之相变灭，悉见于其诗，使余恍惚若有遇也。盖仲郛所云得山水之意者非耶？

昔余尝与仲郛以事同舟，中夜乘流出濡须[9]，下北江[10]，过鸠兹[11]，积虚浮素[12]，云水郁蔼[13]，中流有微风击于波上，发声浪浪，矶碛薄涌，大鱼皆耆然而跃。诸客皆歌乎，举酒更醉。余乃慨然曰："他日从容无事，当裹粮出游。北渡河，东上太山[14]，观乎沧海之外；循塞上而西，历恒山、太行、大岳、嵩、华[15]，而临终南[16]，以吊汉、唐之故墟；然后登岷、峨[17]，揽西极[18]，浮江而下，出三峡[19]，济乎洞庭[20]，窥乎庐[21]、霍，循东海而归，吾志毕矣。"客有戏余者曰："君居里中，一出户辄有难色，尚安尽天下之奇乎？"余笑而不应。今浮渡距余家不百里，而余未尝一往，诚有如客所讥者。嗟乎！设余一旦而获揽宇宙之大，快平生之志，以间执[22]言者之口，舍仲郛，吾谁共此哉？

[注] [1] 左仲郛：左世经，字众郛，又称仲郛、仲孚，安徽桐城人，事迹详见姚鼐《左众郛权厝铭》。浮渡：山名，又名浮山、浮度山，在今安徽枞阳境内，是桐城附近的游览胜地。[2] 江：指长江。彭蠡：鄱阳湖的古称，在长江以南，江西省北部。湖水北经湖口入长江。[3] 九江：今属江西。[4] 寿春：今安徽寿县。傅：通"附"，连着。淮阴：今属江苏。[5] 江：

长江。淮：淮河。[6]潜：潜山，在安徽潜山县西北，即皖山。霍：霍山，在安徽霍山县西北。司空：司空山，在安徽太湖县北。龙眠：龙眠山，在安徽桐城县西北，与舒城、六安交界处。[7]三楚：指战国楚地。今从黄河、淮河至湖南一带，旧有西楚、东楚、南楚之分。[8]阖辟：开合变化。《易·系辞上》："一阖一辟谓之变。"[9]濡须：水名，今称运漕河或裕溪河。源出安徽巢湖，东经含山县至裕溪口入长江。[10]北江：长江的下游。[11]鸠兹：古邑名，故址在今安徽芜湖东。[12]积虚浮素：指江上积聚着若有若无的薄雾，飘浮着一片茫茫的白色。[13]郁蔼：沉厚温润。[14]太山：即泰山，在今山东泰安县北，为五岳中之东岳。[15]恒山：在山西东北部，为五岳中之北岳。太行：太行山脉，绵延山西、河北、河南三省。大岳：即霍山，又名霍太山，在今山西霍县东南。嵩：嵩山，在河南登封县北，为五岳中之中岳。华：华山，在陕西渭南市东南，为五岳中之西岳。[16]终南：终南山，在陕西西安市南。[17]岷：岷山，在四川省北部，绵延于四川、甘肃两省边境。峨：峨眉山，在四川峨眉县西南。[18]西极：西方的尽头，极言其远。[19]三峡：指长江三峡，包括瞿塘峡、巫峡、西陵峡。[20]洞庭：洞庭湖，在湖南省北部，长江南岸。[21]庐：庐山，在江西九江市南，北临长江。[22]间执：堵塞。

登泰山记

姚鼐

泰山之阳，汶水[1]西流；其阴，济水[2]东流，阳谷皆入汶，阴谷皆入济。当其南北分者，古长城[3]也。最高日观峰[4]，在长城南十五里。

余以乾隆三十九年十二月，自京师乘风雪，历齐河、长清[5]，穿泰山西北谷，越长城之限，至于泰安[6]。是月丁未，与知府朱孝纯子颖[7]由南麓登。四十五里，道皆砌石为磴，其级七千有余。

泰山正南面有三谷，中谷绕泰安城下，郦道元所谓环水[8]也。余始循以入，道少半，越中岭[9]，复循西谷，遂至其巅。古时登山，循东谷入，道有天门。东谷者，古谓之天门溪水[10]，余所不至也。今所经中岭及山巅崖限当道者，世皆谓之天门云。道中迷雾冰滑，磴几不可登。及既上，苍山负雪，明烛天南；望晚日照城郭，汶水、徂徕[11]如画，而半山居[12]雾若带然。

戊申晦，五鼓，与子颖坐日观亭[13]待日出。大风扬积雪击面。亭东自足下皆云漫，稍见云中白若摴蒱[14]数十立者，山也。极天云一线异色，须臾成五彩；日上，正赤如丹，下有红光，动摇承之。或曰：此东海[15]也。回视日观以西峰，或得日，或否，绛皓驳色，而皆若偻。

亭西有岱祠[16]，又有碧霞元君[17]祠；皇帝行宫[18]在碧霞元君祠东。是日，观道中石刻，自唐显庆[19]以来，其远古刻尽漫失。僻不当道者，皆不及往。

山多石，少土；石苍黑色，多平方，少圆。少杂树，多松，生石罅，皆平顶。冰雪，无瀑水，无鸟兽音迹。至日观数里内无树，而雪与人膝齐。

桐城姚鼐记。

[注] [1] 汶水：即大汶河。发源于山东省莱芜东北原山，向西南流经泰安。[2] 济水：发源于河南济源县西王屋山，流经山东。现在下游河道已为黄河改道所夺。[3] 古长城：指春秋时齐国所筑长城。《管子·轻重丁》："长城之阳，鲁也；长城之阴，齐也。"为齐、鲁之分界。[4] 日观峰：泰山顶峰之一。[5] 齐河、长清：县名，今均属山东。[6] 泰安：今属山东，清代为泰安府治。[7] 朱孝纯子颖：号海愚，山东历城人。乾隆进士，累官两淮盐运使。[8] 郦道元所谓环水：郦道元，字善长，范阳人。北魏地理学家，撰有《水经注》四十卷。其

卷二十四《汶水》云："《山海经》曰：'环水出泰山，东流注于汶。'即此水也。"[9] 中岭：又名中溪山，中溪由此发源。[10] 天门溪水：《水经注·汶水》："东南流径泰山东，右合天门下溪水，水出泰山天门下谷，东流。古者帝王升封，咸憩此水。"[11] 徂徕：山名，在泰安城东南四十里。[12] 居：停留。[13] 日观亭：在日观峰上。[14] 樗蒲 (chū pú 初蒲)：亦作樗蒲，古代赌具。唐李翱《五木经》："樗蒲五木。"元革《五木经》："樗蒲古戏，其投有五。"投，同"骰"。此处樗蒲当指五木，亦即五枚骰子，用以掷采打马。五木之制，为长形，两头尖锐，中间广平，上黑下白，竖立时似山峰。故《水经注·浿水》云："累石山在北，亦谓之五木山，山方尖如五木状，故俗人借以名之。"姚鼐所指亦此意。[15] 东海：泛指东方的大海。[16] 岱祠：泰山之神东岳大帝的祠庙。[17] 碧霞元君：传说为东岳大帝之女。[18] 皇帝行宫：皇帝外出时的住所。清康熙帝及乾隆帝均曾驻跸泰安，登泰山，祭东岳庙。[19] 显庆：唐高宗年号(656—661)。

游媚笔泉记

姚鼐

桐城之西北，连山殆数百里，及县治而迤平。其将平也，两崖忽合，屏蔀圜回，崭横若不可径。龙溪[1]曲流，出乎其间。

以岁三月上旬，步循溪西入。积雨始霁，溪上大声洊然十馀里，旁多奇石、蕙草、松、枞、槐、枫、栗、橡，时有鸣巂[2]。溪有深潭，大石出潭中，若马浴起，振鬣宛首而顾其侣。援石而登，俯视溶云，鸟飞若坠。复西循崖可二里，连石若重楼，翼乎临于溪右，或曰宋李公麟之"垂云沜[3]"也；或曰后人求李公麟地不可识，被而名之。石罅生大树，荫数十人。前出平土，可布席坐。南有泉，明何文端公[4]摩崖书其上曰："媚笔之泉"。泉漫石上为圆池，乃引坠溪内。

左丈学冲于池侧方平地为室，未就，邀客九人饮于是。日暮半阴，山风卒起，肃振岩壁，榛莽群泉、矶石交鸣。游者悚焉，遂还。是日薑坞先生[5]与往，鼐从，使鼐为之记。

[注]　[1]龙溪：溪水名。[2]巂(guī 规)：鸟名，即子规，杜鹃鸟。[3]沜(pàn 判)：同"泮"。半月形的水池。[4]何文端公：何如宠，字康侯，桐城人。万历二十六年（1598）进士。曾入阁辅政，卒谥文端。[5]薑坞先生：姚范，字南菁，号薑坞，姚鼐伯父。乾隆六年进士，授编修。后辞官，主讲天津、扬州书院。

朱竹君先生传

姚鼐

朱竹君先生，名筠，大兴[1]人，字美叔，又字竹君，与其弟石君珪[2]，少皆以能文有名。先生中乾隆十九年进士，授编修[3]，进至日讲起居注官[4]，翰林院侍读学士[5]，督安徽学政[6]，以过降级，复为编修。

先生初为诸城刘文正公[7]所知，以为疏俊奇士。及在安徽，会上下诏求遗书，先生奏言翰林院贮有《永乐大典》[8]，内多有古书世未见者，请开局使寻阅，且言搜辑之道甚备。时文正在军机处[9]，顾不喜，谓非政之要而徒为烦[10]，欲议寝[11]之，而金坛于文襄公[12]独善先生奏，与文正固争执，卒用先生说上之，四库全书[13]馆自是启矣。先生入京师，居馆中，纂修《日下旧闻》[14]。未几，文正卒，文襄总裁馆事，尤重先生。先生顾不造谒，又时以持馆中事与意迕，文襄大憾。一日见上，语及先生，上遽称许朱筠学问文章殊过人，文襄默不得发，先生以是获安。其后督福建学政，逾年，上使其弟珪代之，归数月，遂卒。

先生为人，内友于[15]兄弟，而外好交游。称述人善，惟恐不至；即有过，辄复掩之。后进之士多因以得名。室中自晨至夕未尝无客，与客饮酒谈笑穷日夜，而博学强识[16]不衰，时于其间属文。其文才气奇纵，于义理、事物、情态无不备，所欲言者无不尽。尤喜小学[17]，为学政时，遇诸生[18]贤者，与言论若同辈，劝人为学先识字，语意谆勤，去而人爱思之。所欲著书皆未就，有诗文集合若干卷。

姚鼐曰：余始识竹君先生，因昌平陈伯思[19]。是时皆年二十馀，相聚慷慨论事，摩厉[20]讲学，其志诚伟矣，岂第欲为文士已哉！先生与伯思，皆高才耽酒。伯思中年致酒疾，不能极其才。先生以文名海内，豪逸过伯思，而伯思持论稍中焉。先生暮年，宾客转盛，入其门者，皆与交密，然亦劳矣。余南归数年，闻伯思亦衰病，而先生殁年才逾五十，惜哉！当其使安徽、福建，每携宾客饮酒赋诗，游山水，幽险皆至。余间至山中崖谷，辄遇先生题名，为想见之矣。

[注] [1]大兴：县名，今属北京市。[2]石君珪：朱珪，字石君，号南崖，晚号盘陀老人，朱筠之弟。乾隆十三年(1748)进士，官至工部尚书、体仁阁大学士。卒谥文正。[3]编修：为翰林院属官，位次于修撰，掌修国史。[4]日讲起居注官：日讲是为帝王讲解经史之官，起

居注是记述帝王言行之官。清康熙时以日讲官兼摄起居注官，雍正以后遂以日讲起居注官系衔为定制，属翰林院。 [5]侍读学士：给帝王讲学之官，清属翰林院及内阁。 [6]学政：为提督学政之简称，掌管一省学校生员考课升降之事。 [7]刘文正公：刘统勋，字延清，号尔纯，诸城（今属山东）人，雍正进士，官至东阁大学士，加太子太保，卒谥文正。 [8]《永乐大典》：明成祖永乐年间命解缙等人编辑的一部类书，有二万二千九百余卷，搜集了大量宋元以来的逸文秘典，今多散失。 [9]军机处：清雍正时设，综理内外要务，是清代中期最重要的官署。[10]烦："烦"下疑脱"费"字。[11]寝：平息，停止。[12]于文襄公：于敏中，字叔子，一字重棠，金坛（今属江苏）人。乾隆进士，官至文华殿大学士，文渊阁领阁事，卒谥文襄。[13]四库全书：清乾隆三十七年(1772)开馆纂修，十年始成，凡七万九千余卷，分经史子集四部，故名四库。[14]《日下旧闻》：清朱彝尊撰，凡四十二卷，记载北京掌故史迹。乾隆三十九年(1774)令朱筠等人继此书纂成《日下旧闻考》一百二十卷。[15]友于：指兄弟之间的亲爱。语出《尚书·君陈》："惟孝，友于兄弟。"[16]强识(zhì志)：强于记忆。识，记。[17]小学：汉代起，以小学作为文字训诂学的专称。[18]诸生：明清时经省各级考试录取入府、州、县学的生员有增生、附生、廪生、例生等名目，统称诸生。[19]陈伯思：陈本忠，字伯思，昌平（今属北京）人。乾隆三十四年(1769)进士，历户部郎中，提督贵州学政。[20]摩厉：磨炼，切磋。《国语·越语上》："其达士，絜其居，美其服，饱其食，而摩厉之于义。"

袁随园君墓志铭

姚鼐

　　君，钱塘袁氏，讳枚，字子才。其仕在官，有名绩矣。解官后，作园江宁西城居之，曰随园。世称随园先生，乃尤著云。祖讳锜，考讳滨，叔父鸿，皆以贫游幕四方。君之少也，为学自成。年二十一，自钱塘至广西，省叔父子巡抚幕中。巡抚金公鉷[1]一见异之，试以《铜鼓赋》，立就，甚瑰丽。会开博学鸿词科[2]，即举君。时举二百馀人，惟君最少。及试，报罢。中乾隆戊午科顺天乡试[3]，次年成进士，改庶吉士[4]。散馆，又改发江南为知县；最后调江宁知县。江宁故巨邑，难治。时尹文端公[5]为总督，最知君才；君亦遇事尽其能，无所回避，事无不举矣。既而去职家居，再起，发陕西；甫及陕，遭父丧归，终居江宁。

　　君本以文章入翰林有声，而忽摈外；及为知县，著才矣，而仕卒不进。自陕归，年甫四十，遂绝意仕宦，尽其才以为文辞歌诗。足迹造东南，山水佳处皆遍。其瑰奇幽邈，一发于文章，以自喜其意。四方士至江南，必造随园投诗文，几无虚日。君园馆花竹水石，幽深静丽，至檽槛器具，皆精好，所以待宾客者甚盛。与人留连不倦，见人善，称之不容口。后进少年诗文一言之美，君必能举其词，为人诵焉。

　　君古文、四六体，皆能自发其思，通乎古法。于为诗，尤纵才力所至，世人心所欲出不能达者，悉为达之；士多仿其体。故《随园诗文集》，上自朝廷公卿，下至市井负贩，皆知贵重之。海外琉球[6]，有来求其书者。君仕虽不显，而世谓百馀年来，极山林之乐，获文章之名，盖未有及君也。

　　君始出，试为溧水[7]令，其考自远来县治。疑子年少，无吏能，试匿名访诸野。皆曰："吾邑有少年袁知县，乃大好官也。"考乃喜，入官舍。在江宁尝朝治事，夜召士饮酒赋诗，而尤多名迹。江宁市中以所判事作歌曲，刻行四方，君以为不足道，后绝不欲人述其吏治云。

　　君卒于嘉庆二年十一月十七日，年八十二。夫人王氏无子，抚从父弟树子通为子。既而侧室钟氏又生子迟。孙二：曰初，曰禧。始，君葬父母于所居小仓山北，遗命以己祔。嘉庆三年十二月乙卯，祔葬小仓山[8]墓左。

　　桐城姚鼐以君与先世有交，而鼐居江宁，从君游最久。君殁，遂为之铭曰：

粤有耆庞，才博以丰。出不可穷，匪雕而工。文士是宗，名越海邦。蔼如其冲，其产越中。载官倚江，以老以终。两世阡同，铭是幽宫。

[注] [1]金鉷（hóng 洪）：字震方，汉军镶白旗人，世居登州（治所在今山东蓬莱），自雍正六年至乾隆元年(1728—1736)任广西巡抚。 [2]博学鸿词科：清代设此科始于康熙十八年(1679)，凡有学行兼优、文词卓越之人，由在京在外的大官荐举报考。取一等、二等各若干人。三等、四等落第，称"报罢"。 [3]乾隆戊午：乾隆三年(1738)。顺天乡试：顺天，府名，即今北京市。乡试由生员（秀才）应试，考中者称举人。生员应在本省应试，但亦可在顺天府应试。袁枚于乾隆戊午年(1738)中举。 [4]庶吉士：亦称庶常，以《尚书·立政》有"庶常吉士"之语，故称。清代翰林院设庶常馆，选新进士之优于文学书法者入馆学习，称为翰林院庶吉士。三年后考试，成绩优良者分别授以翰林院编修、检讨等官，其余分发各部任主事等职，或优先委任知县，称为"散官"。 [5]尹文端公：尹继善，字元长，满洲镶黄旗人，为袁枚座师。于乾隆八年至十三年(1743—1748)任两江总督，十九年至三十年复任。 [6]琉球：古国名，即今琉球群岛。清光绪五年（1879），为日本侵占，改为冲绳县。[7]溧水：县名，今属江苏。[8]小仓山：在江苏南京市内清凉山东面。

重修盘门双忠祠记

彭绍升

余观建炎[1]之事，宋之不亡者幸耳。方金兵破扬州，于时高宗驻平江[2]，去敌尚远，平江固可守也。蹙蹙焉去之临安，而越[3]，而明[4]，不暇一夕息。已而敌破建康，道广德，趋临安，由越入明，纵掠海上而归。使其时平江诸将帅，以劲旅遏其冲，俾只轮不反[5]无难者，奈何兵不战而溃，城不攻而下，坐使五十万人，并命于锋刃而莫之救。

相传金兵自盘门[6]入。有二士者，拒战于门外，一死于阵，一死于水，而盘门破矣。呜呼，彼守城者，或则侍郎，或则宣抚使，非不显且要也，委而去之，若弃唾涕，而独遗二士者，以殉国之烈，此不可为发愤而深痛者哉。

然自二士之死，里人神而祀之，迄今六百馀年，而灵爽益著。二士俱汴[7]人，从高宗南渡守平江。其一刘姓鼐名，盖死于阵者也；其一张姓鳌名，盖死于水者也。祠有明永乐[8]中俞祯碑，以鼐为顺国明王，职天坛传奏司；以鳌为顺济龙王，职盘溪守御司。其封爵莫知何昉[9]，要其来也则远矣。近者祠久不修，里人醵金[10]千两，新其宇。既成，属予记。祠在盘门外灵岩乡，俗名双土地祠。余更之曰双忠。夫其忠也，乃其所以自神也。遂书而记之。

[注] [1]建炎：宋高宗年号（1127—1130）。 [2]平江：今江苏苏州。 [3]越：越州，治今浙江绍兴。[4]明：明州，治今浙江宁波。[5]只轮不反：《公羊传·僖公三十三年》："晋人与姜戎要之（秦师）殽而击之，匹马只轮无反者。"意为全军覆没。[6]盘门：平江城南门。[7]汴：今河南开封。 [8]永乐：明成祖年号（1403—1424）。 [9]昉：曙光初现，引申为开始。[10]醵(jù据)金：凑钱。

冉氏烹狗记

崔述

县人冉氏有狗而猛，遇行人辄搏噬之；往往为所伤。伤，则主人躬诣谢罪，出财救疗之。如是者数矣。冉氏以是颇患苦狗；然以其猛也，未忍杀，姑置之。

刘位东谓余曰："余尝夜归，去家门里许，群狗狺狺吠，冉氏狗亦迎而吠焉。余以柳枝横扫之，群狗皆远立，独冉氏狗竟前欲相搏；几伤者数矣。余且斗且行，过冉氏门而东，且数十武，狗乃止。当是时身惫甚，幸狗渐远，憩道傍良久始去；狗犹望而吠也。既归，念此良狗也，藉令有仇盗夜往劫之，狗拒门而噬，虽数人能入咫尺地哉！闻冉氏颇患苦此狗，且若遇之于市，必嘱之使勿杀：此狗累千金不可得也。

"居数日，冉氏之邻至。问其狗，曰：'烹之矣！'惊而诘其故，曰：'日者冉氏有盗，主人觉之，呼二子起操械，共逐之；盗惊而遁。主人疑狗之不吠也，呼之不应，遍索之无有也。将寝，闻卧床下若有微息者，烛之，则狗也，卷屈蹲伏，不敢少转侧，垂头闭目，若惟恐人之闻其声息者。'主人曰：'嘻，吾向之隐忍而不之杀者为其有仓卒一旦之用也，恶知其搏行人则勇而见盗则怯乎哉！'以是故，遂烹之也。"

嗟乎，天下之勇于搏人而怯于见贼者，岂独此狗也哉！今夫市井无赖之徒，平居使气，暴横闾里间，或窜名县胥，或寄身营卒，侮文弱，陵良懦，行于市，人皆遥避之：怒则呼其群，持械圜斫之，一方莫敢谁何，若壮士然。一旦有小劫盗，使之持兵仗入府廨防守，不下百数十人，忽厥马夜惊，以为贼至，手颤颤，拔刀不能出鞘；幸而出，犹震震相击有声；发火器，再四皆不燃；闻将出戍地，去贼尚数百里，距家仅一二舍，辄号泣别父母妻子，恐不复相见：其震惧如此，故曰："勇于私斗而怯于公战。"又奚独怪于狗而烹之？嘻，过矣！

虽然，畜猫者欲其捕鼠也，畜狗者欲其防盗也，苟其职之不举，斯固无所用矣；况益之以噬人，庸可留乎！石勒欲杀石虎，其母曰："快牛为犊多能破车，汝小忍之！"其后石氏之宗卒灭于虎[1]。贪牛之快而不顾车之破尚不可，况徒破车而牛实不快乎！然而妇人之仁今古同然。由是言之，冉氏之智过人远矣。

人之材，有所长则必有所短；惟君子则不然。钟毓[2]与参佐射，魏舒[3]常为画筹；后遇朋人不足，以舒满数，发无不中，举坐愕然。俞大猷[4]与人言，恂恂[5]若儒生；及提桴鼓立军门，勇气百倍，战无不克者。若此者固不可多得也。其次，醇谨而不足有为者。其次，跅弛[6]而可以集事者。若但能害人而不足济事，则狗而已矣！

虽然，吾又尝闻某氏有狗竟夜不吠，吠则主人知有盗至：是狗亦有过人者。然则搏噬行人而不御贼，虽在狗亦下焉者矣。

[注] [1]"石勒欲杀石虎"数句：见《晋书·石季龙载记》。[2]钟毓：三国魏钟繇之子，字稚叔。机捷谈笑有父风，累官都督荆州。[3]魏舒：字阳元，年四十余察孝廉，后为尚书郎。朝廷欲淘汰郎官，罢免不合格者，他说："吾即其人也。"裹起衣被就走，同僚有愧色。钟毓辟他为长史。毓不知他善射，一次射箭比赛人数不足，就让他充数，竟发无不中。毓叹赏再三，对他说："吾之不足以尽卿才，有如此射矣。"后转相国参军，封剧阳子。见《晋书·魏舒传》。[4]俞大猷：明晋江人，字志辅。兵部尚书毛伯温奇其才，擢广东都司。屡以舟师破倭寇，时称俞家军。[5]恂恂：谦恭谨慎貌。[6]跅(tuò柝)弛：放荡不羁貌。

自序

汪中

昔刘孝标自序平生，以为比迹敬通，三同四异[1]，后世诵其言而悲之。尝综平原之遗轨，喻我生之靡乐，异同之故，犹可言焉。

夫节亮慷慨，率性而行，博极群书，文藻秀出，斯惟天至，非由人力。虽情符曩哲，未足多矜。余玄发未艾，野性难驯。麋鹿同游，不嫌摈斥。商瞿生子，一经可遗[2]，凡此四科，无劳举例。

孝标婴年失怙，藐是流离，托足桑门，栖寻刘宝[3]。余幼罹穷罚，多能鄙事，赁舂牧豕，一饱无时。此一同也。

孝标悍妻在室，家道辗轲。余受诈兴公[4]，勃豀累岁。里烦言于乞火，家构衅于蒸梨[5]，蹀躞东西，终成沟水。此二同也。

孝标自少至长，戚戚无欢。余久历艰屯，生人道尽。春朝秋夕，登山临水，极目伤心，非悲则恨。此三同也。

孝标夙婴羸疾，虑损天年。余药裹关心，负薪永旷。鳏鱼嗟其不瞑，桐枝惟馀半生；鬼伯在门，四序非我。此四同也。

孝标生自将家，期功以上，参朝列者十有馀人；兄典方州，馀光在壁[6]。余衰宗零替，顾影无俦。白屋藜羹，馈而不祭。此一异也。

孝标倦游梁楚，两事英王[7]；作赋章华之宫，置酒睢阳之苑：白璧黄金，尊为上客；虽车耳未生，而长裾屡曳。余簪笔佣书，倡优同畜。百里之长，再命之士，苞苴礼绝，问讯不通。此二异也。

孝标高蹈东阳，端居遗世，鸿冥蝉蜕，物外天全。余卑栖尘俗，降志辱身。乞食饿鸱之馀，寄命东陵之上。生重义轻，望实交隕。此三异也。

孝标身沦道显，藉甚当时。高斋学士之选，安成《类苑》之编[8]，国门可悬，都人争写。余著书五车，数穷覆瓿。长卿恨不同时，子云见知后世；昔闻其语，今无其事。此四异也。

孝标履道贞吉，不干世议。余天谗司命，赤口烧城[9]。笑齿啼颜，尽成罪状。跬步才蹈，荆棘已生。此五异也。

嗟夫！敬通穷矣，孝标比之，则加酷焉。余于孝标，抑又不逮。是知九渊之下，

尚有天衢。秋荼之甘，或云如荠。我辰安在？实命不同。劳者自歌，非求倾听。目瞑意倦，聊复书之。

[注] [1]比迹敬通，三同四异：刘孝标名峻，平原（在今山东）人。《梁书》卷五十、《魏书》卷四十三、《南史》卷四十九、《北史》卷三十九均有传。《梁书》云："尝为《自序》，其略曰：余自比冯敬通，而有同之者三，异之者四。何则？敬通雄才冠世，志刚金石；余虽不及之，而节亮慷慨，此一同也。敬通值中兴明君，而终不试用；余逢命世英主，亦摈斥当年，此二同也。敬通有忌妻，至于身操井臼；余有悍室，亦令家道轗轲，此三同也。敬通当更始之世，手握兵符，跃马食肉；余自少至老，戚戚无欢，此一异也。敬通有一子仲文，官成名立；余祸同伯道，永无血胤，此二异也。敬通膂力方刚，老而益壮；余有犬马之疾，溘死无时，此三异也。敬通虽芝残蕙焚，终填沟壑，而为名贤所慕，其风流郁烈芬芳，久而弥盛；余声尘寂寞，世不吾知，魂魄一去，将同秋草，此四异也。所以自力为序，遗之好事云。"冯衍字敬通，《后汉书》卷二十八有传。 [2]"商瞿"二句：商瞿，孔子弟子，三十八岁还未有儿子。孔子派他到齐国，商母不肯，要留儿子在家好生育后代。孔子告诉商瞿没关系，年过四十以后会有五个儿子。后来果然如此。事见《孔子家语》卷九《七十二弟子解》。汪中引来以说明自己有儿子可以传自己的经学。《汉书·韦贤传》说："遗子黄金满籯，不如一经。"汪中的儿子叫汪喜孙。 [3]托足桑门，栖寻刘宝：《南史》说刘峻生才一月，父亲刘璇之就死了。宋泰始初，魏占青州，刘峻被人掠去中山为奴，富人刘宝可怜他，用财物赎回来，并且教他写字等，后来魏人知他江南有戚属，更将他徙到代郡（今山西大同），穷得不能过，和母亲一齐出家，母亲为尼，刘峻为僧。桑门即沙门，指佛教僧徒。 [4]兴公：即孙绰。他有一女非常暴戾，骗王文度说自己女儿很好，愿意嫁给王弟阿智。成婚之后，才知上当。事见《世说新语·假谲》。 [5]里烦言于乞火，家构衅于蒸梨：指媳妇和婆婆关系恶劣。《汉书·蒯通传》说到邻居媳妇丢了肉，婆婆以为是媳妇偷吃了。邻居知道就跑到这家借火，说是狗夜间衔来一块肉，要借火来烧。婆婆才知道错怪了。《孔子家语·七十二弟子解》说到曾参的后母对曾参很不好，曾参妻蒸藜不熟，后母就把她赶走。藜指野菜。汪中这里用"梨"字，可能是误记。 [6]馀光在壁：《战国策·秦策二》载："夫江上之处女，有家贫而无烛者，处女相与语，欲去之。家贫无烛者将去矣，谓处女曰'妾以无烛，故常先至，扫堂布席，何爱（吝啬）馀明之照四壁者？幸以赐妾，何妨于处女？妾自以有益于处女，何为去我？'处女相语以为然而留之。" [7]两事英王：据《梁书·刘峻传》，刘峻请求为齐竟陵王萧子良的国职吏部尚书，被人抑止未成，为南海王侍郎也没有到职，只被梁荆州刺史安成王萧秀引为户曹参军，撰《类苑》。此应该只是"一事英王"，

汪中也许连南海王也算在内。[8] 安成《类苑》之编：《类苑》一百二十卷，安成王使刘峻类编而成，其书今逸。 [9] 天谗司命，赤口烧城：天谗是星名，这个星司命就是逃不开谗言的诋毁。《太玄经》说"赤舌烧城"，指谗言的破坏性。陆龟蒙《杂讽》诗："赤舌可烧城，谗邪易为伍。"

哀盐船文

汪中

乾隆三十五年十二月乙卯，仪征盐船火，坏船百有三十，焚及溺死者千有四百。是时盐纲[1]皆直达，东自泰州，西极于汉阳，转运半天下焉。唯仪征绾其口。列樯蔽空，束江而立，望之隐若城郭。一夕并命，郁为枯腊[2]，烈烈[3]厄运，可不悲邪！

于时，玄冥告成[4]，万物休息，穷阴涸凝，寒威懔栗，黑眚[5]拔来，阳光西匿。群饱方嬉，歌咢[6]宴食。死气交缠，视面惟墨。夜漏始下，惊飙勃发。万窍怒号，地脉荡决。大声发于空廓，而水波山立。于斯时也，有火作焉。摩木自生[7]，星星如血，炎光一灼，百舫尽赤。青烟睒睒，熛若沃雪。蒸云气以为霞，炙阴崖而焦爇。始连樯以下碇，乃焚如以俱没。跳踯火中，明见毛发，痛癙田田[8]，狂呼气竭。转侧张皇，生涂未绝。倏阳焰之腾高，鼓腥风而一咉。洎埃雾之重开，遂声销而形灭。齐千命于一瞬，指人世以长诀。发冤气之焄蒿[9]，合游氛而障日。行当午而迷方，扬沙砾之嫖疾。衣缯败絮，墨查炭屑，浮江而下，至于海不绝。

亦有没者善游，操舟若神。死丧之威[10]，从井有仁[11]。旋入雷渊[12]，并为波臣[13]。又或择音[14]无门，投身急濑。知蹈水之必濡，犹入险而思济。挟惊浪以雷奔，势若跻而终坠，逃灼烂之须臾，乃同归乎死地。积哀怨于灵台[15]，乘精爽[16]而为厉。出寒流以浃辰，目睊睊而犹视。知天属[17]之来抚，憖[18]流血以盈眦。诉强死之悲心，口不言而以意[19]。若其焚剥支离，漫漶莫别。圆者如圈，破者如玦。积埃填窍，挦指[20]失节。嗟狸首之残形[21]，聚谁何而同穴！收然灰之一抔，辨焚余之白骨。

呜呼哀哉！且夫众生乘化，是云天常。妻孥环之，绝气寝床。以死卫上，用登明堂。离而不惩，祀为国殇。兹也无名，又非其命。天乎何辜，罹此冤横！游魂不归，居人心绝。麦饭壶浆，临江鸣咽。日堕天昏，凄凄鬼语。守哭迍邅，心期冥遇。唯血嗣之相依，尚腾哀而属路，或举族之沉波，终狐祥而无主[22]。悲夫！丛冢有坎[23]，泰厉有祀[24]。强饮强食，冯其气类。尚群游之乐，而无为妖祟。

人逢其凶也邪？天降其酷也邪？夫何为而至于此极哉！

〔注〕 [1] 盐纲：旧时水陆运输成批货物的组织，称为纲，如茶纲、盐纲、花石纲等。[2] 并命：同时丧命。郁为枯腊(xī昔)：《汉书·杨王孙传》："（死尸）支体络束，口含玉石，欲化不得，郁为枯腊。"郁，聚结。腊，干肉。[3] 烈烈：火焰炽盛貌。[4] 玄冥：《礼记·月令》："季冬之月，其神玄冥。"告成：完成使命。火灾发生之日为十二月乙卯（十九日），已是冬末，故云。 [5] 眚：目生翳，引申为云雾。 [6] 歌号：《诗经·大雅·行苇》："或歌或号。"《尔雅·释乐》："徒击鼓谓之号。"[7] 摩木自生：《庄子·外物》："木与木相摩则然（燃）。"[8] 痛謈(pó婆)：因痛而呼喊。《汉书·东方朔传》："上令倡监榜（击打）舍人，舍人不胜痛，呼謈。"田田：象声词，指哀哭声。《礼记·问丧》："妇人不宜袒，故发胸击心，爵（雀）踊，殷殷田田如坏墙然，悲哀痛疾之至也。"[9] 焄蒿：气味散发。《礼记·祭义》："众生必死，死必归土。……其气发扬于上为昭明，焄蒿凄怆，此百物之精也。"郑玄注："焄谓香臭也；蒿谓气蒸出貌也。"[10] 死丧之威：《诗经·小雅·棠棣》："死丧之威，兄弟孔怀。"郑玄笺："死丧可怖之事。"[11] 从井有仁：《论语·雍也》："井有仁焉，其从之也？"注："仁者必济人于患难，故问有仁者堕井，将自投下从而出之不乎？"[12] 旋入雷渊：语见《楚辞·招魂》。洪兴祖补注："雷泽中有雷神。"此借指深渊。[13] 波臣：《庄子·外物》："（庄）周顾视车辙中，有鲋鱼焉。……曰：'我东海之波臣也，君岂有斗升之水而活我哉？'"波臣意谓水族中的臣仆。后称死于水中者为'与波臣为伍'"。[14] 择音：《左传·文公十七年》："鹿死不择音。"孔颖达疏："鹿死不择庇荫之处。"音，通"荫"。[15] 灵台：《庄子·庚桑楚》："不可内（纳）于灵台。"成玄英疏："灵台，心也。"[16] 精爽：魂魄。厉：恶鬼。[17] 天属：《庄子·山木》："或曰：'……弃千金之璧，负赤子而趋，何也？'林回曰：'彼以利合，此以天属也。'夫以利合者，迫穷祸患害相弃也。以天属者，迫穷祸患害相收也。"天属，指有血缘关系的亲属。[18] 慭(yìn胤)：伤痛。[19] 口不言而以意：贾谊《鵩鸟赋》："鵩乃叹息，举首奋翼，口不能言，请对以意。"意，通"臆"，胸臆，心意。[20] 挒(lì丽)指：《庄子·胠箧》："挒工倕之指，而天下始人有其巧矣。"成玄英疏："挒，折也，割也。"[21] 嗟狸首之残形：韩愈《残形操序》："曾子梦见一狸不见其首作。"[22] 终狐祥而无主：《战国策·秦策四》："鬼神狐祥无所食。"《史记·春申君列传》引作"鬼神孤伤，无所血食"。狐祥，即孤伤。无主，无人主管祭祀。[23] 丛冢有坎：丛冢，乱葬的坟场。坎，坑穴。《礼记·祭法》："四坎坛，祭四方也。"郑玄注："祭山林丘陵于坛，川谷于坎，每方各为坎为坛。"因而称江河山谷的祭典为坎祭。[24] 泰厉有祀：《礼记·祭法》：王为群姓立七祀，其五曰"泰厉"。孔颖达疏："曰泰厉者，谓……此鬼无所依归，好为民作祸，故祀之也。"

治平篇

洪亮吉

人未有不乐为治平之民者也，人未有不乐为治平既久之民者也。治平至百馀年，可谓久矣。然言其户口，则视三十年以前增五倍焉，视六十年以前增十倍焉，视百年、百数十年以前不啻增二十倍焉。

试以一家计之：高、曾[1]之时，有屋十间，有田一顷，身一人，娶妇后不过二人。以二人居屋十间，食田一顷，宽然有馀矣。以一人生三计之，至子之世而父子四人，各娶妇即有八人，八人即不能无佣作之助，是不下十人矣。以十人而居屋十间，食田一顷，吾知其居仅仅足，食亦仅仅足也。子又生孙，孙又娶妇，其间衰老者或有代谢，然已不下二十馀人。以二十馀人而居屋十间，食田一顷，即量腹而食，度足而居，吾以知其必不敷矣。又自此而曾焉，自此而元焉，视高、曾时口已不下五六十倍，是高、曾时为一户者，至曾、元[2]时不分至十户不止。其间有户口消落之家，即有丁男繁衍之族，势亦足以相敌。

或者曰："高、曾之时，隙地未尽辟，闲廛[3]未尽居也。"然亦不过增一倍而止矣，或增三倍五倍而止矣，而户口则增至十倍二十倍，是田与屋之数常处其不足，而户与口之数常处其有馀也。又况有兼并之家，一人据百人之屋，一户占百户之田，何怪乎遭风雨霜露饥寒颠踣而死者之比比乎？

曰：天地有法乎？曰：水旱疾疫，即天地调剂之法也。然民之遭水旱疾疫而不幸者，不过十之一二矣。曰：君相有法乎？曰：使野无闲田，民无剩力，疆土之新辟者，移种民以居之，赋税之繁重者，酌今昔而减之，禁其浮靡，抑其兼并，遇有水旱疾疫，则开仓廪、悉府库以赈之，如是而已，是亦君相调剂之法也。

要之，治平之久，天地不能不生人，而天地之所以养人者，原不过此数也；治平之久，君相亦不能使人不生，而君相之所以为民计者，亦不过前此数法也。然一家之中有子弟十人，其不率教者常有一二，又况天下之广，其游惰不事者何能一一遵上之约束乎？一人之居以供十人已不足，何况供百人乎？一人之食以供十人已不足，何况供百人乎？此吾所以为治平之民虑也。

[注] [1]高、曾：指高祖、曾祖。 [2]曾、元：指曾孙、玄孙。避清圣祖玄烨讳，"玄"作"元"。 [3]闲廛(chǎn 缠)：空闲的屋子。

游翠微峰记

恽敬

自宁都[1]西郭外北望群山，有虎而踞者，二峰若相负，北峰为翠微峰[2]，易堂九子讲学之所也。

背郭十里，陟山西折而北，过前所望虎而踞之南峰，有崖复北，有岩夹磴而上，西折有冈，冈之西为金精洞[3]，北即翠微峰。循冈行，有石门木阖[4]，背肩之，仰视绝壁而已。冈之东望果盒山[5]，有楼阁，于是欲返游果盒山，而阖为从游所排[6]，遂游焉。

过石门，有南北崖，相去以尺数，倚立俯仰相隐闭。北崖为磴以登，级三十有六，道绝，植梯级十有六以出于穴，有木构少息，为第一巢[7]。复登为梯磴之级二十有八，有巢隘于前，巢不可息，为第二巢。级十有七为第三巢。级八十有三为第四巢，皆可息。至此始出崖。日杲杲然射诸峰，峰如相荡矣。复得磴八十有三，有坪为易堂，已毁废。其北有屋，魏氏[8]居之，其旁后无他道，复循故道而下。

魏氏之先[9]为避乱计，故凿山无左右折，上下皆悬身，以难其登，登山极劳弊，无游览之胜。然九子穷居是山，能各有所守，不欺其志，是则不可没者。九子：宁都魏际瑞、际瑞弟禧及礼、李腾蛟、邱维屏、彭任、曾灿、南昌林时益、彭士望。唯际瑞为本朝招吴三桂贼将韩大任被难焉。

下翠微峰南，西折至金精洞。洞北立石三，如古敦甗[10]。洞构横阁敹之[11]。石之奇，不见阁前。横术[12]之外，石呀然[13]起于檐际。泉自石落，散如珠，绝境也。洞之南，石山相倚，如服匿[14]地。志称汉仙女张丽英于此上升，其言不经。

下金精洞复西行，石山中小者如屋，大者皆隐天，如铸精镠[15]，如地不能负，浑浑沄沄，首衔尾逮[16]，肩岐腋附[17]，盖三百步所。而北折得平畴数百亩。复折而东五百步所，出翠微峰之北，石山横蔽之，其奇如金精洞之西。复三百步所，至果盒山，石矗起数十丈，如冰相附，自南而西而北，磴而上焉。宁都之山界闽粤，逶迤不可尽，而城西数十里皆石山，益奇古骇心目如此。

余尝行太行、泰山、衡山，多磅礴蕴畜，如圣贤豪杰举事，不与人以一端窥测。

若兹山者，其侠徒、隐士之流欤？是亦可观矣。

[注] [1]宁都：今属江西。 [2]翠微峰：在宁都县城西北。 [3]金精洞：翠微峰山中的一个石洞。 [4]木阖：木制的门扇。 [5]果盒山：翠微峰山中的一座小山。 [6]排：推开。 [7]巢：此处指在峭壁上用木构制的落脚之处。 [8]魏氏：指魏氏三兄弟魏际瑞、魏禧、魏礼。 [9]魏氏之先：魏际瑞的父亲魏兆凤。 [10]古敦甗(duì yǎn 对眼)：敦为古代食器，盖和器身呈半圆球形，上下合成圆球形，有三足着地；甗为古炊具，上下可分开，上可蒸，下可煮，有三足着地。 [11]洞构横阁祟(suì 岁)之："祟"的本意为卜问吉凶，引申为探伸之意。此处指由洞口建起的阁道探入洞内。 [12]横术：经过洞前的横向道路。 [13]呀(xiā 虾)然：张口貌。 [14]服匿：伏地隐藏。 [15]精镠(liú 刘)：纯美的黄金。 [16]首衔尾逮：意为纵向看山石，前后相接连。 [17]肩岐腋附：肩是动物的腿根部，腋指禽兽的翅腿与腹部相连的部位。此处指从横向看山石，呈依附并列形状。

《词选》序

张惠言

叙曰：词者，盖出于唐之诗人，采乐府之音以制新律，因系其词，故曰"词"。传曰："意内而言外谓之词。"其缘情造端[1]，兴于微言[2]，以相感动，极命风谣[3]，里巷男女哀乐，以道[4]贤人君子幽约怨悱不能自言之情，低徊要眇[5]以喻其致。盖诗之比、兴，变风之义，骚人之歌，则近之矣。然以其文小，其声哀，放者为之，或跌荡靡丽，杂以昌狂俳优[6]。然要其至者，莫不恻隐盱愉[7]，感物而发，触类条鬯，各有所归[8]，非苟为雕琢曼辞而已。

自唐之词人，李白为首，其后韦应物、王建、韩翊、白居易、刘禹锡、皇甫松、司空图、韩偓，并有述造。而温庭筠最高，其言深美闳约。五代之际，孟氏、李氏[9]，君臣为谑，竞作新调，词之杂流，由此起矣。至其工者，往往绝伦，亦如齐、梁五言，依托魏、晋，近古然也。

宋之词家，号为极盛。然张先、苏轼、秦观、周邦彦、辛弃疾、姜夔、王沂孙、张炎，渊渊乎文有其质焉[10]。其荡而不反[11]，傲而不理[12]，枝而不物[13]，柳永、黄庭坚、刘过、吴文英之伦，亦各引一端，以取重于当世。而前数子者，又不免有一时放浪通脱之言出于其间。后进弥以驰逐，不务原其指意，破析乖剌[14]，坏乱而不可纪。故自宋之亡而正声绝，元之末而规矩隳。以至于今四百余年，作者十数，谅其所是[15]，互有繁变，皆可谓安蔽乖方[16]，迷不知门户者也。

今第[17]录此篇，都为二卷。义有幽隐，并为指发。几以塞其下流，导其渊源，无使风雅之士惩于鄙俗之音，不敢与诗赋之流同类而风诵之也。

嘉庆二年八月，武进张惠言。

[注] [1]缘情造端：由感情发端。[2]兴于微言：《汉书·艺文志》"昔仲尼没而微言绝"注："李奇曰：'隐微不显之言也。'"[3]极命风谣：终于以民间歌谣的形式表达。[4]道：通"导"。[5]低徊要眇：低徊，细致委婉，指词中一唱三叹，反复曲折的情调。要眇，同"窈眇"，深微的意思。[6]杂以昌狂俳(pái排)优：昌，通"猖"。俳优，演戏为人取乐的人。意即掺杂着放荡而戏谑的言辞。[7]盱(xū须)愉：喜悦的样子。[8]触类条鬯，各有所归：条鬯，明白通达。鬯，同"畅"。意即哀乐之情，感物而发，然而它的意思必然有所归宿。 [9]孟氏、

李氏：孟氏，即五代时蜀主孟昶；李氏，即南唐中主李璟，后主李煜。[10]渊渊乎文有其质焉：渊渊，深远的样子。文有其质，文采好，内容也好。[11]荡而不反：流荡不返。[12]傲而不理：狂傲违理。[13]枝而不物：散乱而不质实。枝，散。不物，指言之无物。[14]破析乖剌：破析，散乱。乖剌，违背。[15]谅其所是：自以为是。谅，相信。[16]安蔽乖方：安于受蒙蔽，意即受蒙蔽而不知。乖方，违背正道。[17]第：次第。

游西陂记

管同

嘉庆十二年四月三日,商邱陈燕仲谋、陈焯度光招予游宋氏西陂。陂自牧仲尚书之没,至于今逾百年矣,又尝值黄河之患,所谓芰梁、松庵诸名胜,无一存者。独近陂巨木数百株,蓊然青葱,望之若云烟帷幕然,路人指言曰:"此宋尚书手植树也。"

既入陂,至赐书堂[1],晤其主人,出王翚石谷[2]所为六境图[3],尤展成、朱锡鬯[4]诸公题咏在焉。折而西,有小屋一区,供尚书遗像。其外则巨石布地如散棋,主人曰:"此艮岳石[5]也,先尚书求以重价,而使王翚用画法叠为假山,其后为河水所冲败,乃至此云。"闻其言,感叹者久之。

抵暮皆归,饮于陈氏仲谋。度光举酒属予曰:"子盍为记?"嗟夫!当牧仲尚书以诗文风雅倾动海内,一时文士景从响应[6],宾客园林之胜,可谓壮哉!今始百年,乃令来游者徒慨叹于荒烟蔓草之外,盖富贵固无常矣;而文辞亦何裨于是也?士亦舍是而图其大且远者,其可已。是为记。

[注] [1]赐书堂:安置皇帝赐书的房子。据宋荦《漫堂年谱》,从康熙三十八年起,皇帝曾多次给宋荦亲笔写字赐书,宋荦在其住所建御书楼收藏。 [2]王翚石谷:王翚,字石谷,虞山(今江苏常熟)人,清初著名画家。[3]六境图:宋荦《西陂杂咏》共六首,分咏渌波村、钓家、纬萧草堂、松庵、芰梁、放鸭亭六境。王石谷以此为图。 [4]尤展成:尤侗,字展成,清初文学家、戏曲家。朱锡鬯:朱彝尊,字锡鬯,清初文学家。他们在六境图上有所题咏。[5]艮岳石:太湖石之类的奇石。宋徽宗令朱勔在江南搜求太湖石,运往汴京(今河南开封),在城东北修所谓的"艮岳"(在八卦的方位中东北属"艮")。[6]景从响应:如影之随形,如音之相应。景,同"影"。贾谊《过秦论》:"天下云集响应,赢粮而景从。"

《阮小咸诗集》序

梅曾亮

江宁郡城,其西北包十馀山[1],林壑深远,而秦淮、清溪之水萦带其下,其迹虽或存或湮,而清淑之气犹足以沾溉人物。故士生其里,多跌宕自标异,或真朴无文饰,有六朝人[2]馀习,其衣冠言动,与南城人风气固殊也。以余相知,若严君小秋、汪君邺楼、车君秋舲、陆君香筠、汪君平甫、方君慎之及小咸,所居相去率不过一二里。而诸君皆多文酒之会,时相与携榼访胜,极乎山岨水涯,欢吟醉呼,穷日夜,披林莽,逐星月而归,以为常。小咸虽与诸君倡和相得,而终岁授徒,于文酒之乐不多与也。

及余自京师归,北城诸君凋逝殆尽,慎之亦久客不能归,独君年已七十,尚授徒如故。余因自叹年未甚耄老,而自里居后,山城孤寺,往往多独游,少与偕者。见少年游从意气之盛,追念昔时同辈,邈焉难求,而寂寞自守,得臻乎老寿如君者,为可幸也。

乃未几而君亦旋卒,君之子肇星以诗稿属序。余读之,清婉恬适,如君其人,不以其不得志于有司[3]也而有怨词,有矜气,真德人之音也。昔与君及邺楼、香筠同肄业于尊经书院,夜归,市户皆静闭,独吾三四人履声满街。读君诗,忽忽不觉为数十年事也。

咸丰二年九月序。

[注] [1]西北包十馀山:指石城山、冶城山、清凉山、鸡鸣山、四望山、马鞍山、卢龙山、幕府山、观音山等。 [2]六朝人:吴、东晋、宋、齐、梁、陈均建都南京,称为"六朝"。当时士人多自标清高,穷山林之乐,放纵不羁。 [3]不得志于有司:韩愈《送董邵南序》:"董生举进士,连不得志于有司。"意为科举未考中。

游小盘谷记

梅曾亮

江宁府城,其西北包卢龙山[1]而止。余尝求小盘谷,至其地,土人或曰无有。惟大竹蔽天,多歧路,曲折广狭如一,探之不可穷。闻犬声,乃急赴之,卒不见人。

熟五斗米顷,行抵寺,曰归云堂。土田宽舒,居民以桂为业。寺傍有草径甚微,南出之,乃坠大谷。四山皆大桂树,随山陂陀。其状若仰大盂,空响内贮,謦欬[2]不得他逸;寂寥无声,而耳听常满。渊水积焉,尽山麓而止。

由寺北行,至卢龙山,其中阮谷洼隆,若井灶龈腭之状。或曰:"遗老所避兵者[3],三十六茅庵,七十二团瓢[4],皆当其地。"

日且暮,乃登山循城而归。暝色下积,月光布其上,俯视万影摩荡,若鱼龙起伏波浪中。诸人皆曰:"此万竹蔽天处也。所谓小盘谷,殆近之矣。"

同游者:侯振廷舅氏、管君异之、马君湘帆、欧生岳庵、弟念勤,凡六人。

[注] [1]卢龙山:即狮子山,在南京西北约二十里处。明太祖朱元璋曾败陈友谅于此。[2]謦(qǐng请)欬:咳嗽。轻曰謦,重曰欬。[3]遗老之所避兵者:清兵南下时,明朝遗民逃往深山避兵之处。 [4]三十六茅庵,七十二团瓢:茅庵,草屋;团瓢,圆形草屋。三十六、七十二,形容其多。

钵山馀霞阁记

梅曾亮

江宁[1]城，山得其半，便于人而适于野者，惟西城钵山，吾友陶子静偕群弟读书所也。因山之高下为屋，而阁于其岭，曰"馀霞"，因所见而名之也。

俯视，花木皆环拱升降；草径曲折可念；行人若飞鸟度柯叶上。西面城，淮水萦之。江自西而东，青黄分明，界画天地。又若大圆镜，平置林表，莫愁湖也。其东南万屋沉沉，炊烟如人立，各有所企，微风绕之，左引右挹，绵绵缗缗[2]，上浮市声，近寂而远闻。

甲戌[3]春，子静觞同人于其上，众景毕见，高言愈张。子静曰："文章之事，如山出云，江河之下水，非凿石而引之，决版而导之者也。故善为文者有所待。"曾亮曰："文在天地，如云物烟景焉；一俯仰之间而遁乎万里之外。故善为文者，无失其机。"管君异之曰："陶子之论高矣。后说者，如斯阁亦有当焉。"遂书为之记。

[注] [1]江宁：今江苏南京。[2]绵绵缗（mín 民）缗：连绵不断的样子。[3]甲戌：清嘉庆十九年（1814）。

说居庸关

龚自珍

居庸关者，古之谭[1]守者之言也。龚子曰："疑若可守然。"何以疑若可守然？曰："出昌平州[2]，山东西远相望，俄然而相辏、相赴以至相蹙[3]。居庸置其间，如因[4]两山以为之门，故曰疑若可守然。关凡四重，南口[5]者下关也，为之城，城南门至北门一里；出北门十五里，曰中关，又为之城，城南门至北门一里；出北门又十五里，曰上关，又为之城，城南门至北门一里；出北门又十五里，曰八达岭[6]，又为之城，城南门至北门一里。盖自南口之南门，至于八达岭之北门，凡四十八里，关之首尾具制如是，故曰疑若可守然。下关最下，中关高倍之，八达岭之俯南口也，如窥井形然，故曰疑若可守然。"

自入南口，城甃有天竺[7]字、蒙古字。上关之北门，大书曰："居庸关，景泰[8]二年修。"八达岭之北门，大书曰："北门锁钥，景泰三年建。"自入南口，流水啮[9]吾马蹄，涉之玞[10]然鸣，弄之则忽涌忽洑[11]而尽态，迹之则至乎八达岭而穷。八达岭者，古隰馀水[12]之源也。自入南口，木多文杏、蘋婆、棠梨[13]，皆怒华[14]。自入南口，或容十骑[15]，或容两骑，或容一骑。蒙古自北来，鞭橐驼[16]，与余摩臂[17]行，时时橐驼冲余骑颠[18]。余亦挝[19]蒙古帽，堕于橐驼前，蒙古大笑。余乃私叹曰："若蒙古，古者建置居庸关之所以然，非以若[20]耶？余江左[21]士也，使余生赵宋世，目尚不得睹燕、赵，安得与反毳[22]者相挝戏乎万山间？生我圣清中外一家之世，岂不傲古人哉！"蒙古来者，是岁克西克腾、苏尼特[23]，皆入京，诣理藩院[24]交马云。自入南口，多雾，若小雨。过中关，见税亭焉，问其吏曰："今法网宽大，税有漏乎？"曰："大筐小筐，大偷橐驼小偷羊。"余叹曰："信[25]若是，是有间道[26]矣。"自入南口，四山之陂陀[27]之隙，有护边墙数十处，问之民，皆言是明时修。微税吏言，吾固[28]知有间道出没于此护边墙之间。承平之世，漏税而已；设生昔之世，与凡守关以为险之世，有不大骇北兵自天而降者哉！

降[29]自八达岭，地遂平，又五里曰垒道[30]。

[注] [1]谭：同"谈"。[2]昌平州：明正德元年(1506)升昌平县为州，辖境相当于今北京市昌平、密云、顺义、怀柔等县地，清因之。[3]蹙(cù促)：紧迫。[4]因：凭借。[5]南口：为关沟之南入口，故称。故城在今昌平县南口镇偏北京张公路靠山一侧。[6]八达岭：在今北京延庆县，为关沟之北口。从北门城楼两侧，延伸出高低起伏的长城。[7]城甃(zhòu昼)：城墙。甃本为井壁。天竺(zhú竹)：古印度的别称。[8]景泰：明代宗朱祁钰年号(1450—1456)。[9]啮(niè聂)：咬。这里用拟人手法。[10]玱(cōng匆)：玉声。形容涉水之声。[11]洑(fú伏)：漩涡。[12]㵖(xí习)馀水：即湿馀水。源出上谷居庸关东，西入于沽河。[13]蘋婆：苹果。棠梨：又名白棠、甘棠、杜梨，俗称野梨。[14]怒华：花正怒放。[15]容十骑：指并列容纳十匹马。[16]橐(tuó驼)驼：骆驼。[17]摩臂：擦臂。[18]颠：倒，坠。[19]挝(zhuā抓)：同"抓"。[20]若：此。全句说这蒙古人正是古代建居庸关的原因所在，难道不是因为你们吗？[21]江左：江南。[22]反毳(cuì脆)：毛朝外反穿皮衣。[23]克西克腾：蒙古族部落，属昭乌达盟，在今内蒙古自治区克什克腾旗。苏尼特：蒙古族部落，属锡林郭勒盟，在今内蒙古自治区苏尼特左、右旗。[24]理藩院：清官署名，掌内外藩蒙古、回部及诸番部封授、朝觐、贡献、黜陟、征发之政。设尚书一人，左右侍郎各一人，皆以满洲、蒙古人任之。[25]信：果然。[26]间道：僻径小道。[27]陂陀(pō tuó坡驼)：地势起伏不平。[28]固：本来。[29]降：下。句谓出八达岭下山而行。[30]垄(bēn奔)道：当作"岔道"，延庆有岔道口村，即其地。顾祖禹《读史方舆纪要》卷十七认为岔道为八达岭之藩篱。

己亥六月重过扬州记

龚自珍

居礼曹[1],客有过[2]者曰:"卿知今日之扬州乎?读鲍照[3]《芜城赋》,则遇之矣。"余悲其言。

明年,乞假南游,抵扬州,属有告籴[4]谋,舍舟而馆[5]。

既宿[6],循馆之东墙步游,得小桥,俯溪,溪声谨[7]。过桥,遇女墙啮[8]可登者,登之,扬州三十里,首尾屈折高下见。晓雨沐屋,瓦鳞鳞然,无零甓断甃[9],心已疑礼曹过客言不实矣。

入市,求熟肉,市声谨。得肉,馆人以酒一瓶、虾一筐馈。醉而歌,歌宋元长短言乐府[10],俯窗呜呜,惊对岸女夜起,乃止。

客有请吊蜀岗[11]者,舟甚捷,帘幕皆文绣,疑舟窗蠡彀[12]也,审视,玻璃五色具[13]。舟人时时指两岸曰:"某园故址也","某家酒肆故址也",约八九处。其实独倚虹园圮[14]无存。曩所信宿[15]之西园,门在,题榜在,尚可识,其可登临者尚八九处,阜[16]有桂,水有芙蕖菱芡[17],是居扬州城外西北隅,最高秀。南览江,北览淮,江淮数十州县治,无如此冶华[18]也。忆京师言,知有极不然者[19]。

归馆,郡之士皆知余至,则大讙,有以经义请质难[20]者,有发[21]史事见问者,有就询京师近事者,有呈所业若文、若诗、若笔[22]、若长短言、若杂著、若丛书乞为序、为题辞者,有状其先世事行乞为铭者[23],有求书[24]册子、书扇者,填委[25]塞户牖,居然嘉庆中故态。谁得曰今非承平时耶?惟窗外船过,夜无笙琶声,即有之,声不能彻旦[26]。然而女子有以栀子华发为贽[27]求书者,爰以书画环瑱互通问[28],凡三人,凄馨哀艳之气,缭绕于桥亭舸[29]舫间,虽澹定,是夕魂摇摇不自持[30]。余既信信,拿流风,捕馀韵,乌睹所谓风嗥雨啸、鼪狖悲、鬼神泣者[31]?嘉庆末尝于此和友人宋翔凤侧艳诗[32],闻宋君病,存亡弗可知。又问其所谓赋诗者[33],不可见,引为恨。

卧而思之,余齿[34]垂五十矣,今昔之慨,自然之运,古之美人名士富贵寿考[35]者几人哉?此岂关扬州之盛衰,而独置感慨于江介也哉[36]?抑予赋侧艳则老矣,甄综[37]人物,搜辑文献,仍以自任,固未老也。天地有四时,莫病于酷暑,

而莫善于初秋：澄汰其繁缛淫蒸[38]，而与之为萧疏澹荡，泠然瑟然[39]，而不遽使人有苍莽寥沉[40]之悲者，初秋也。今扬州，其初秋也欤？予之身世，虽乞粢，自信不遽死，其尚犹丁[41]初秋也欤？作《己亥六月重过扬州记》。

[注] [1]礼曹：礼部。时作者任礼部主客司主事兼祠祭司行走。 [2]过：访。 [3]鲍照：南朝宋文学家，字明远，东海（今江苏连云港市东）人。曾任临海王前军参军等职。长于乐府诗、赋及骈文。所作《芜城赋》，写广陵故城（即扬州）昔日之盛及当日之衰，感慨系之。 [4]属（zhǔ主）：适巧。告籴：请求买谷，有请求资助饥困之意。 [5]馆：用为动词，住旅馆。 [6]既宿：过夜之后。 [7]讙（huān欢）：喧响。 [8]女墙：城墙上面呈凹凸形的小墙。啮（niè聂）：咬。引申为坏缺。 [9]零甃（zhòu昼）断甓（pì僻）：犹言残垣断壁。甃，井壁，这里泛指墙壁。甓，砖。 [10]长短言乐府：即词。词又称长短言，可入乐，故称。 [11]吊：凭吊。蜀岗：山名，在今江苏扬州市西北，居瘦西湖畔，为扬州古城遗址。 [12]蠡（luó罗）：通"螺"。觳（què确）：物之孚甲，即鳞甲之类。蠡觳指为螺壳鳞甲所镶嵌。 [13]"玻璃"句：谓五色玻璃齐全。按，玻璃在当时为洋货，被作者视为"不急之物"的奢侈品，主张杜绝进口，详见其《送钦差大臣侯官林公序》。洋货侵入被作者视为扬州衰落之迹象。 [14]倚虹园：因靠近横跨瘦西湖的大虹桥而得称。大虹桥是乾隆年间改建的石拱桥。圮（pǐ匹）：塌坏。 [15]曩（nǎng）：从前。信宿：住过两夜。 [16]阜：土山。 [17]芙蕖：荷花。菱：菱角。芡（qiàn欠）：睡莲科植物，叶呈盾状，浮水面。夏日开花，紫色，昼开暮合。实如刺球，含子数十枚。子及地下茎均可食。有鸡头、乌头、雁头等别名。 [18]冶华：美丽繁华。 [19]极不然者：极不确实之处。 [20]经义：经书的解释。质难：质疑问难。 [21]发：提出，揭示。 [22]笔：散文。与"文"相对，"文"指有藻采声韵的骈文。文笔之分见《文心雕龙·总术》。 [23]"有状"句：谓有自撰其先人行状请求代为写神道碑铭或墓志铭的人。 [24]书：题字。 [25]填委：纷集，堆积。 [26]彻旦：通宵达旦。 [27]栀（zhī支）子：花木，叶厚而有光泽，呈椭圆形，夏天开白色大花，极香。这里指栀子花。华发：白发。这里于义难通，疑"发"字为"鬘"字之误，华鬘为舞妓之花饰。贽（zhì至）：初次见面所执的礼物。 [28]环：带在臂上的玉环。瑱（diàn电）：以玉充耳，一种首饰。通问：通音讯。 [29]舰：有板屋的船。 [30]"虽澹"句：意谓自己即使态度恬淡镇定，当夕情绪仍难免为其声色所动，不能自持。 [31]"余既"数句：意谓我已连宿四夜，何可捕捉到昔日繁盛时的流风余韵，哪里能见到《芜城赋》所描述的那种飘摇悲凄景象。信信，一信再信，连宿四夜。鼯（wú吾），一种形似松鼠的动物，腹旁有飞膜，能滑翔。狖（yòu又），这里同"貁"，一种似狸（野猫）的野

兽。"风嗥"云云，概述鲍照《芜城赋》"坛罗虺（毒蛇）虺（短狐），阶斗麏（獐子）鼯，木魅山鬼，野鼠城狐，风嗥雨啸，昏见晨趋"语。[32] 嘉庆末：嘉庆二十五年(1820)。宋翔凤(1776—1860)：字虞庭，一字于庭，江苏长洲（今苏州市）人。嘉庆举人，官湖南新宁县知县。从其舅庄述祖受今文经学，又从段玉裁治《说文》之学，通训诂名物，是常州学派的著名学者。作者于嘉庆二十四年在京师与宋翔凤相识，见其《资政大夫礼部侍郎武进庄公神道碑铭》自记。侧艳：文辞艳丽而流于轻佻。[33] 所谓赋诗者：指当年与宋氏及自己和诗之妓。[34] 齿：年龄。[35] 寿考：年高。[36] "此岂"句：意谓这哪里与扬州的盛衰有关，而偏偏把感慨发泄在江畔呢。江介，江畔。[37] 甄综：考察搜罗。[38] 繁缛：指景象繁杂。淫蒸：过分闷热的蒸腾之气。[39] 泠(líng 零) 然瑟然：形容清凉。[40] 寥泬(xuè 穴)：旷荡而虚静。[41] 丁：当，值。

病梅馆记

龚自珍

江宁之龙蟠[1]，苏州之邓尉[2]，杭州之西溪[3]，皆产梅。或曰："梅以曲为美，直则无姿；以欹[4]为美，正则无景；梅以疏为美，密则无态。"固[5]也，此文人画士，心知其意，未可明诏大号，以绳天下之梅也[6]；又不可以使天下之民斫直、删密、锄正，以夭梅、病梅为业以求钱也[7]；梅之欹、之疏、之曲，又非蠢蠢求钱之民，能以其智力为也[8]。有以文人画士孤癖之隐[9]，明告鬻[10]梅者，斫其正，养其旁条，删其密，夭其稚枝，锄其直，遏其生气，以求重价，而江、浙之梅皆病。文人画士之祸之烈至此哉！

予购三百盆，皆病者，无一完者。既泣之三日，乃誓疗之，纵之，顺之。毁其盆，悉埋于地，解其棕缚[11]，以五年为期，必复之全之。予本非文人画士，甘受诟厉[12]，辟病梅之馆以贮之。呜呼！安得使予多暇日，又多闲田，以广贮江宁、杭州、苏州之病梅，穷予生之光阴以疗梅也哉？

[注] [1]江宁：府名，今南京市。龙蟠：地名，今南京市清凉山下的龙蟠里即其地。[2]邓尉：山名，在今苏州市西南吴县光福，前临太湖。相传因纪念东汉太尉邓禹而得名。[3]西溪：地名，在今杭州市灵隐山西北。 [4]欹（qī）：歪斜。[5]固：必，毫无疑义。"固也"，紧承上文，并且直贯下面三个带"也"字的判断长句。[6]"此文"句：意谓这是文人画士心照不宣，不便公开告谕，大肆号令，用以束缚天下自然多姿之梅的良苦用心。绳，木匠用来取直的墨绳，这里用作动词衡量之义，引申为约束。[7]"又不"句：意谓文人画士又不可能让天下所有之人尽从其意，以摧残自然之梅为业来谋利。斫（zhuó浊），砍。夭，幼而残亡。这里是趁幼摧残之意。 [8]"梅之"句：意谓那些无知蠢人虽有贪财求钱之欲，可惜又不具备按照文人画士的意图整治梅枝的智力。[9]孤癖之隐：奇特癖好的隐衷。[10]鬻：卖。[11]棕缚：捆绑的棕绳。[12]诟（gòu够）：辱骂。厉：发怒。

说钓

吴敏树

　　余村居无事，喜钓游。钓之道未善也，亦知其趣焉。当初夏、中秋之月，蚤食后出门，而望见村中塘水，晴碧泛然，疾理钓丝，持篮而往。至乎塘岸，择水草空处投食其中，饵钓而下之，蹲而视其浮子，思其动而掣之，则得大鱼焉。无何，浮子寂然，则徐牵引之，仍自寂然；已而手倦足疲，倚竿于岸，游目而视之，其寂然者如故。盖逾时始得一动，动而掣之则无有。余曰："是小鱼之窃食者也，鱼将至矣。"又逾时动者稍异，掣之得鲫，长可四五寸许。余曰："鱼至矣，大者可得矣！"起立而伺之，注意以取之，间乃一得，率如前之鱼，无有大者。日方午，腹饥思食甚，余忍而不归以钓。见村人之田者，皆毕食以出，乃收竿持鱼以归。归而妻子劳问有鱼乎？余示以篮而一相笑也。乃饭后仍出，更诣别塘求钓处，逮暮乃归，其得鱼与午前比。或一日得鱼稍大者某所，必数数往焉，卒未尝多得，且或无一得者。余疑钓之不善，问之常钓家，率如是。

　　嘻！此可以观矣。吾尝试求科第官禄于时矣，与吾之此钓有以异乎哉？其始之就试有司[1]也，是望而往，蹲而视焉者也；其数试而不遇也，是久未得鱼者也；其幸而获于学官、乡举[2]也，是得鱼之小者也；若其进于礼部[3]，吏于天官[4]，是得鱼之大，吾方数数钓而又未能有之者也。然而大之上有大焉，得之后有得焉，劳神侥幸之门，忍苦风尘之路，终身无满意时，老死而不知休止，求如此之日暮归来而博妻孥之一笑，岂可得耶？夫钓，适事也，隐者之所游也，其趣或类于求得。终焉少系于人之心者，不足可欲故也。吾将唯鱼之求，而无他钓焉，其可哉？

　　[注] [1]有司：古代设官分职，各有专司，故官吏及相应的衙门称有司。 [2]乡举：初试指县试、府试，俗称考秀才，由府学教授、州学学正、县学教谕（合称"学官"）主持。乡举：秀才（诸生）参加乡试（省级考试），得中取为举人。 [3]礼部：主管教育的部。举人进京会试，由礼部主持。考试中式，再经殿试，即成进士。 [4]天官：吏部列六部之首，后世因以"天官"为吏部的通称。吏部掌全国官吏之任免、考课、升降、调动等事。

《媭[1]砧课诵图》序

王拯

　　《媭砧课诵图》者，不材拯官京师日之所作也。拯之官京师，姊刘在家，奉其老姑，不能来就弟养。今姑殁矣，姊复寄食宁氏姊于广州，阻于远行。拯自始官日，蓄志南归，以迄于今，颠顿荒忽[2]，琐屑自牵，以不得遂其志。

　　念自七岁时先妣殁，遂来依姊氏。姊适新寡，又丧其遗腹子，茕茕独处。屋后小园数丈余，嘉树荫之。树阴有屋二椽，姊携拯居焉。拯十岁后就塾师学，朝出而暮归。比夜，则姊恒执女红[3]，篝一灯，使拯读其旁。夏苦热，辍夜课。天黎明，辄呼拯起，持小几就园树下读。树根安二巨石，一姊氏捣衣以为砧，一使拯坐而读，日出乃遣入塾。故拯幼时每朝入塾，所读书乃熟于他童。或夜读倦，稍逐于嬉游，姊必涕泣告以母氏劬劳瘁死之状，且曰："汝今弗勉学，母氏地下戚矣！"拯哀惧，泣告姊，后无复为此言。

　　呜呼！拯不材年三十矣。念十五六时，犹能执一卷就姊氏读，日惴惴于悲思忧戚之中，不敢稍自放逸。自二十后出门，行身居业，日即荒怠。念姊氏教不可忘，故为图以自警，冀使其身依然日读姊氏之侧，庶免其堕弃之日深，而终于无所成也。道光二十四年甲辰秋九月。为之图者，陈君名铄，为余丁酉同岁生[4]也。

[注]　[1]媭(xū须)：古代楚湘一带称姐为媭。　[2]颠顿：颠沛困顿。荒忽：即恍惚。[3]女红(gōng工)：女工，指纺绩、刺绣、缝纫等事。[4]同岁生：即同年。古时同科同榜称同年。

习惯说

刘蓉

蓉少时，读书养晦堂[1]之西偏一室。俯而读，仰而思；思有弗得，辄起绕室以旋。室有洼，径尺，浸淫[2]日广。每履之，足苦踬焉。既久而遂安之。

一日，父来室中，顾而笑曰："一室之不治，何以天下家国为？"命童子取土平之。后蓉复履其地，蹴然以惊，如土忽隆起者；俯视，地坦然，则既平矣。已而复然，又久而后安之。

噫！习之中人[3]甚矣哉！足之履平地，而不与洼适也；及其久，则洼者若平；至使久而即乎其故，则反窒焉而不宁。故君子之学，贵乎慎始。

[注] [1]养晦堂：刘蓉居室名，在湖南湘乡。[2]浸(qīn侵)淫：渐渐扩展。[3]中(zhòng众)人：适合于人，影响人的意思。

校刻浏阳谭氏《仁学》序

呜呼！此支那为国流血第一烈士亡友浏阳谭君之遗著也。烈士之烈，人人知之；烈士之学，则罕有知之者，亦有自谓知之，而其实未能知者。余之识烈士，虽仅三年，然此三年之中，学问、言论、行事，无所不与共。其于学也，同服膺南海，无所不言，无所不契。每共居，则促膝对坐一榻中，往复上下，穷天人之奥，或彻数日夜废寝食，论不休。每十日不相见，则论事论学之书盈一箧。呜呼！烈士之可以千古，尚有出乎烈士之外者，余今不言，来者曷述焉！乃叙曰：

《仁学》何为而作也？将以光大南海之宗旨，会通世界圣哲之心法，以救全世界之众生也。南海之教学者曰：以求仁为宗旨，以大同为条理，以救中国为下手，以杀身破家为究竟。《仁学》者即发挥此语之书也，而烈士者即实行此语之人也。

今夫众生之大蔽，莫甚乎有我之见存。有我之见存，则因私利而生计较，因计较而生挂碍，因碍而生恐怖，驯至一事不敢力，一言不敢发。充其极也，乃至见孺子入井而不怵惕，闻邻榻呻吟而不动心，视同胞国民之糜烂而不加怜，任同体众生之痛痒而不知觉，于是乎大不仁之事起焉。故孔子绝四，终以"毋我"。佛说曰："无我相。"今夫世界乃至恒河沙数之星界，如此其广大；我之一身，如此其藐小。自地球初有人类，初有生物，乃至前此无量劫，后此无量劫，如此其长；我之一身，数十寒暑，如此其短。世界物质，如此其复杂；我之一身，分合七十三原质中之各质组织而成，如此其虚幻。然则我之一身，何可私之有？何可爱之有？既无可私，既无可爱，则毋宁舍其身以为众生之牺牲，以行吾心之所安。盖大仁之极，而大勇生焉。顾婆罗门及其他旧教，往往有以身饲蛇虎，或断食，或卧车辙下求死，而孔、佛不尔者，则以吾固有不忍人之心。既曰忍矣，而洁其身而不思救之，是亦忍也。故佛说"我不入地狱，谁入地狱？"孔子曰："天下有道，丘不与易也。"古之神圣哲人，无不现身于五浊恶世，经历千辛万苦者，此又佛所有"乘本愿而出"，孔子所谓"求仁而得仁，又何怨"也。

烈士发为众生流血之大愿也久矣。虽然，或为救全世界之人而流血焉，或为救一种之人而流血焉，或为救一国之人而流血焉，乃至或为救一人而流血焉。

其大小之界，至不同也；然自仁者视之，无不同也。何也？仁者平等也，无差别相也，无拣择法也，故无大小之可言也。此烈士所以先众人而流血也。况有《仁学》一书，以公于天下，为法之灯，为众生之眼，则烈士亦可以无慊于全世界也夫！亦可以无慊于全世界也夫！

烈士流血后九十日，同学梁启超叙。

（原刊1899年1月2日《清议报》第2册）

非"唯"

近来学界最时髦的话头是"唯……主义"、"唯……主义"等。这种话头，起初是从印度学传来的，如"三界唯心万法唯识"之类便是。最近欧学输入，名目越发多了。著者如"唯物史观"，"唯心哲学"，乃至"唯用"、"唯感"、"唯实"、"唯乐"，等等。标名新颖，立说精奇，很替学界增许多光焰。

这种做学问法，我也承认他有两点好处。列举如下：

第一：标出一个鹄的，自然可以免思想笼统的毛病。黄梨洲说："凡学须有宗旨，是其人得力处，亦即学者用力处。"标出"唯……主义"，令思想归边，专从这一边研究，务要"持之有故言之成理"，自然一天一天的鞭辟近里，有许多新发明。

第二：旗帜鲜明，于传播学说最利便而且有力。凡提倡一种学说的人，目的总是想把学说应用到实际，自然是希望信从我的人越多越好，标出一个字做宗旨，令人容易了解我常说的性质，只要表同情的便走集这面旗子底下，共同尽力。结果能令学说变成宗教性，传播得极广极猛。

但这都是从做学问方法或传播学问的手段立论。若讲到学问的本质吗？——除却自然科学不计外，专就人生的学问讲——我以为：人生是最复杂的最矛盾的，真理即在复杂矛盾的中间。换句话说：真理是不能用"唯"字表现的，凡讲"唯什么"的都不是真理。

"唯什么"、"唯什么"的名目很多，最主要者莫如"唯物论"和"唯心论"。其实人生之所以复杂矛盾，也不过以心物相互关系为出发点。所以我的"非唯"论，就从这唯物唯心两派"非"起。

"非唯物"和"非唯心"的根本理论，若详细论列，要著一部几十万字的书才能说明。现在暂且不讲，只讲因这种学说发生出来的毛病：

心力是宇宙间最伟大的东西，而且含有不可思议的神秘性，人类所以在生物界占特别位置者就在此。这是我绝对承认的。若心字上头加上一个唯字，我便不能不反对了。充"唯心论"的主张，必要将所有物质的条件和势力一概否认，才算贯彻。然而事实上哪里能做到？自然界的影响和限制且不必论；乃至和我群栖对立的"人们"，从我看来，皆物而非心。总而言之，无论心力如何伟大，总要受物的限制，而且限制的方面很多，力量很不弱。所以唯心论者若要贯彻他的主张，结果非走到非生活的——最少也是非共同生活的——那条路上不可。因为生活条件的大部分是物质，既生活便不能蔑视他了。若既生活而又专讲唯心，把物的条件看不在眼内，结果则如宋儒说的"心具众理"，"一旦豁然贯通，则众物之表里精粗无不到"。这种学说，在个人修养的收获上是很杳茫的；而在社会设施上可以发生奇谬，闹出种种乱子来。所以我要反对他。

　　物的条件之重要，前文已经说过。所以关于遗传咧环境咧、种种影响，乃至最狭义的以经济活动为构成文化的主要要素，这些学说，我都承认它含有一部分真理。若在物字上头加上一个唯字，我又不能不反对了。须知人类和其他动物之所以不同者，其他动物至多能顺应环境罢了，人类则能改良或创造环境，拿什么去改良创造，就是他们的心力。若不承认这一点心力的神秘，便全部人类进化史都说不通了。若要贯彻唯物论的主张吗？结果非归到"机械的人生观"不可。——去年人生观的论战，陈独秀赤裸裸地以极大胆的态度提出机械的人生观，在那一面算是最彻底的，非丁在君、胡适之所及。——机械的人生观是否合理，且不必多辨。须知这种话是和"命定主义"一鼻孔出气的："万事有个造化主安排定"，"八字从胎里带下来"，……这类种种鬼话，固然是"命定主义"；气候咧，山川咧，物产的丰饶或瘠薄咧，交通的便得或闭塞咧，……乃至社会形成的习惯咧，血统带来的遗传咧，若说这些事项有无限的权威，我们人类完全受他支配，也是一种"命定主义"。此说若真，那么，人类一切活动，都是白饶，我们拢着手听什么环境什么遗传摆布罢了。殊不知人类这样怪物，最是不安本分，不管他们力量做得到做不到的事，都要去碰碰！你说他们白碰吗？不然不然。他们横碰坚碰，碰一百回有九十九回失败，但碰通了一回却了不得了，他们便趁风使帆，演出几多把戏！他们又是死皮赖脸不怕碰钉子的，碰了一回还来第二回第三回到百千万回，弄得自然界的专制皇帝和过去历史界的积世老婆婆也把这些顽皮孩子们无可奈何，只得让他们"无佛称尊"了！人类之"曲线形的进化史"，都是从这样子演出来。唯物史观的人们呵！机械人生观的人生呵！若使你们所说是真理，那么，我只好睡倒罢，请你也跟我一齐睡倒罢！"遗传的八字"，"环境的流年"，早已经安排定了，你和我跳来跳去，"干吗？"哈哈！机械人生观的人们呵！须知机械全是他动的，不能自动。人类若果是机械，还有什么存在的

意义和价值？所以这一派学说我是不能不反对的。

以上我对于赫赫有名的唯心唯物两派主义下的"哀的美敦书"。其余"唯什么"、"唯什么"的我都一齐宣战。

孟子说："所恶执一者，为其贼道也，举一而废百也。"问我为什么要"非唯？"为的就是这个缘故。

李斯说："别黑白而定一尊。"董仲舒说："凡不在……之科者，皆绝其道勿使并进。"这都是学术界专制帝王的口吻，主张"唯什么"、"唯什么"的正是同一口吻。问我为什么要"非唯？"为的就是这个缘故。

读完我这篇文章的人怕会说："然则你是灰色的。"我答道："或者不错。然而灰色或者是好的。为什么好？好在他不'唯'……"

凡主张"唯什么"、"唯什么"的人们，我都很盼他赐教，我愿意答复。

（1924年，收入《（乙丑重编）饮冰室文集》卷六十八，中华书局1926年9月初版）

追悼志摩

悄悄的我走了，

正如我悄悄的来；

我挥一挥衣袖，

不带走一片云彩。

——《再别康桥》

志摩这一回真走了！可不是悄悄地走。在那淋漓的大雨里，在那迷蒙的大雾里，一个猛烈的大震动，三百匹马力的飞机碰在一座终古不动的山上，我们的朋友额上受了一下致命的撞伤，大概立刻失去了知觉。半空中起了一团天火，像天上陨了一颗大星似的直掉下地去。我们的志摩和他的两个同伴就死在那烈焰里了！

我们初得着他的死信，都不肯相信，都不信志摩这样一个可爱的人会死得这么惨酷。但在那几天的精神大震撼稍稍过去之后，我们忍不住要想，那么的死法也许只有志摩最配。我们不相信志摩会"悄悄的走了"，也不忍想志摩会有一个"平凡的死"，死在天空之中，大雨淋着，大雾笼罩着，大火焚烧着，那撞不倒的山头在旁边冷眼瞧着，我们新时代的新诗人，就是要自己挑一种死法，也挑不出更合适，更悲壮的了。

志摩走了，我们这个世界里被他带走了不少的云彩。他在我们这些朋友之中，真是一片最可爱的云彩；永远是温暖的颜色，永远是美的花样，永远是可爱。他常说，

我不知道风

是在哪一方向吹——

我们也不知道风是在哪一个方向吹，可是狂风过去之后，我们的天空变惨淡了，变寂寞了，我们才感觉我们的天上的一片最可爱的云彩被狂风卷去了，永远不回来了！

这十几天里，常有朋友到家里来谈志摩，谈起来常常有人痛哭。在别处痛哭他的，一定还不少。志摩所以能使朋友这样哀念他，只是因为他的为人整个的

文章雅正

只是一团同情心，只是一团爱。叶公超先生说：

他对于任何人，任何事，从未有过绝对的怨恨，甚至于无意中都没有表示过一些憎嫉的神气。

陈通伯先生说：

尤其朋友里缺不了他。他是我们的连索，他是黏着性的，发酵性的。在这七八年中，国内文艺界里起了不少的风波，吵了不少的架，许多很熟的朋友往往弄得不能见面。但我没有听见有人怨恨过志摩。谁也不能抵抗志摩的同情心，谁也不能避开他的黏着性。他才是和事老，使我们怀着无穷的同情，他总是朋友中间的"连索"。他从没有疑心，他从不会妒忌。他使这些多疑善妒的人们十分惭愧，又十分羡慕。

他的一生真是爱的象征。爱是他的宗教，他的上帝。

我攀登了万仞的高冈，

荆棘扎烂了我的衣裳，

我向缥缈的云天外望——

上帝，我望不见你！

……

我在道旁见一个小孩，

活泼，秀丽，褴褛的衣衫，

他叫声"妈"，眼里亮着爱——

上帝，他眼里有你！

——《他眼里有你》

志摩今年在他的《猛虎集·自序》里曾说他的心境是"一个曾经有单纯信仰的流入怀疑的颓废"。这句话是他最好的自述。他的人生观真是一种"单纯信仰"，这里面只有三个大字：一个是爱，一个是自由，一个是美。他梦想这三个理想的条件能够会合在一个人生里，这是他的"单纯信仰"。他的一生的历史，只是他追求这个单纯信仰的实现的历史。

社会上对于他的行为，往往有不能谅解的地方，都只因为社会上批评他的人不曾懂得志摩的"单纯信仰"的人生观。他的离婚和他的第二次结婚，是他一生最受社会严厉批评的两件事。现在志摩的棺已盖了，而社会上的议论还未定。但我们知道这两件事的人，都能明白，至少在志摩的方面，这两件事最可以代表志摩的单纯理想的追求。他万分诚恳地相信那两件事都是实现他那"美与爱与自由"的人生的正当步骤。这两件事的结果，在别人看来，似乎都不曾能够实现志摩的理想生活。但到了今日，我们还忍用成败来议论他吗？

我忍不住我的历史癖，今天我要引用一点神圣的历史材料，来说明志摩决心离婚时的心理。民国十一年三月，他正式向他的夫人提议离婚，他告诉她，他们不应该继续他们的没有爱情没有自由的结婚生活了，他提议"自由之偿还自由"，他认为这是"彼此重见生命之曙光，不世之荣业"。他说：

故转夜为日，转地狱为天堂，直指顾间事矣。……真生命必自奋斗自求得来，真幸福亦必自奋斗自求得来，真恋爱亦必自奋斗自求得来！彼此前途无限，……延缓此有改良社会之心，彼此有造福人类之心，其先自作榜样，勇决智断，彼此尊重人格，自由离婚，止绝苦痛，始兆幸福，皆在此矣。

这信里完全是青年的志摩的单纯的理想主义，他觉得那没有爱又没有自由的家庭是可以摧毁他们的人格的，所以他下了决心，要把自由偿还自由，要从自由求得他们的真生命，真幸福，真恋爱。

后来他回国了，婚是离了，而家庭和社会都不能谅解他。最奇怪的是他与他已离婚的夫人通信更勤，感情更好。社会上的人更不明白了。志摩是梁任公先生最爱护的学生，所以民国十二年任公先生曾写一封很长很恳切的信去劝他。在这信里，任公提出两点：

其一，万不容以他人之苦痛，易自己之快乐。弟之此举，其于弟将来之快乐能得与否，殆茫如捕风，然先已予多数人以无量之苦痛。

其二，恋爱神圣为今之少年所乐道。……兹事盖可遇而不可求。……况多情多感之人，其幻象起落鹘突，而得满足得宁帖也极难。所梦想之神圣境界恐终不可得，徒以烦恼终其身已耳。

任公又说：

呜呼志摩！天下岂有圆满之宇宙？……当知吾侪以不求圆满为生活态度，斯可以领略生活之妙味矣。……若沉迷于不可必得之梦境，挫折数次，生意尽矣，都邑侘傺以死，死为无名。死犹可也，是可畏者，不死不生而堕落至不复能自拔。呜呼志摩，可无惧耶！可无惧耶！

（十二年一月二日信）

任公一眼看透了志摩的行为是追求一种"梦想的神圣境界"，他料到他必

要失望,又怕他少年人受不起几次挫折,就会死,就会堕落。所以他以老师的资格警告他:"天下岂有圆满之宇宙?"

但这种反理想主义是志摩所不能承认的。他答复任公的信,第一不承认他是把他人的苦痛来换自己的快乐。他说:

我之甘冒世之不韪,竭全力以斗者,非特求免凶惨之苦痛,实求良心之安顿,求人可知之确立,求灵魂之救度耳。

人谁不求庸德?人谁不安现成?人谁不畏艰险?然且有突围而出者,夫岂得已而然哉?

第二,他也承认恋爱是可遇而不可求的,但他不能不去追求。

他说:

我将于茫茫人海中访我唯一灵魂之伴侣;得之,我幸;不得,我命,如此而已。

他又相信他的理想是可以创造培养出来的。他对任公说:

嗟夫吾师!我尝奋我灵魂之精髓,以凝成一理想之明珠,涵之以热满之心血,朗照我深奥之灵府。而庸俗忌之嫉之,辄欲麻木其灵魂,捣碎其理想,杀灭其希望,污毁其纯洁!我之不流入堕落,流入庸懦,流入卑污,其几亦微矣!

我今天发表这三封不曾发表过的信,因为这几封信最能表现那个单纯的理想主义者徐志摩。他深信理想的人生必须有爱,必须有自由,必须有美;他深信这种三位一体的人生是可以追求的,至少是可以用纯洁的心血培养出来的。——我们若从这个观点来观察志摩的一生,他这十年中的一切行为就全可以了解了。我还可以说,只有从这个观点上才可以了解志摩的行为,我们必须先认清了他的单纯信仰的人生观,方才认得清志摩的为人。

志摩最近几年的生活,他承认是失败。他有一首"生活"得诗,诗暗惨的可怕:

阴沉,黑暗,毒蛇似的蜿蜒,

生活逼成了一条甬道:

一度陷入,你只可向前,

手扪索着冷壁的黏潮。

在妖魔的脏腑内挣扎,

头顶不见一线的天光,

这魂魄,在恐怖的压迫下,

除了消灭更有什么愿望？

（十九年五月二十九日）

他的失败是一个单纯的理想主义者的失败。他的追求，使我们惭愧，因为我们的信心太小了，从不敢梦想他的梦想。他的失败，也应该使我们对他表示更深厚的恭敬与同情，因为偌大的世界之中，只有他有这信心，冒了绝大的危险，费了无数的麻烦，牺牲了一切平凡的安逸，牺牲了家庭的亲谊和人间的名誉，去追求，去试验一个"梦想之神圣境界"，而终于免不了惨酷的失败，也不完全是他的人生观的失败。他的失败是因为他的信仰太单纯了，而这个现实世界太复杂了，他的单纯的信仰禁不起这个现实世界的摧毁；正如易卜生的诗剧 Brand 里的那个理想主义者，抱着他的理想，在人间处处碰钉子，碰得焦头烂额，失败而死。

然而我们的志摩"在这恐怖的压迫下"，从不叫一声"我投降了！"他从不曾完全绝望，他从不曾绝对怨恨谁。他对我们说：

我们不能更多的责备。我觉得我已经是满头的血水，能不低头已算是好的。
（《猛虎集·自序》）

是的，他不曾低头。他仍旧昂起头来做人；他仍旧是他那一团的同情心，一团的爱。我们看他替朋友做事，替团体做事，他总是仍旧那样热心，仍旧那样高兴。几年的挫折，失败，苦痛，似乎使他更成熟了，更可爱了。

他在苦痛之中，仍旧继续他的歌唱。他的诗作风也更成熟了。他所谓"初期的汹涌性"固然是没有了，作品也减少了；但是他的意境变深厚了，笔致变淡远了，技术和风格都更进步了。这是读《猛虎集》的人都能感觉到的。

志摩自己希望今年是他的"一个真的复活的机会"。他说：

抬起头居然又见到了天。眼睛睁开了，心也跟着开始了跳动。

我们一班朋友都替他高兴。他这几年来想用心血浇灌的花树也许是枯萎的了；但他的同情，他的鼓舞，早又在别的园地里种出了无数的可爱的小树，开出了无数可爱的鲜花。他自己的歌唱有一个时代是几乎消沉了；但他的歌声引起了他的园地外无数的歌喉，嘹亮的唱，哀怨的唱，美丽的唱。这都是他的安慰，都使他高兴。

谁也想不到在这个最有希望的复活时代，他竟丢了我们走了！他的《猛虎集》里有一首咏一只黄鹂的诗，现在重读了，好像他在那里描写他自己的死，和我们对他的死的悲哀：

等候他唱，我们静着望，
怕惊了他。
但他一展翅
冲破浓密，化一朵彩雾：
飞来了，不见了，没了！！
像是春光，火焰，像是热情。

志摩这样一个可爱的人，真是一片春光，一团火焰，一腔热情。现在难道都完了？

决不！决不！志摩最爱他自己的一首小诗，题目叫作《偶然》，在他的《卞昆冈》剧本里，在那个可爱的孩子阿明临死时，那个瞎子弹着三弦，唱着这首诗：

我是天空里的一片云，
偶尔投影在你的波心！
你不必讶异，
更无须欢喜！
在转瞬间消灭了踪影。
你我相逢在黑夜的海上，
你有你的，我有我的方向。
你记得也好，
最好你忘掉，
在这交会时互放的光芒！

朋友们，志摩是走了，但他投的影子会永远留在我们心里，他放的光亮也会永远留在人间，他不曾白来了一世。我们有了他做朋友，也可以安慰自己说不曾白来了一世。我们忘不了他和我们：在那交会时互放的光亮！